徳間文庫

南アルプス山岳救助隊K-9

クリムゾンの疾走

樋口明雄

徳間書店

目次

主な登場人物

山梨県警南アルプス署地域課　山岳救助隊
星野夏実　ボーダー・コリー、メイのハンドラー。巡査
神崎静奈　ジャーマン・シェパード、バロンのハンドラー。空手三段。巡査
進藤諒大　川上犬、リキのハンドラー。K－9チームリーダー。巡査部長
深町敬仁　山岳救助隊員。巡査部長
関　真輝雄　山岳救助隊員。巡査
横森一平　山岳救助隊員。巡査
曾我野　誠　山岳救助隊員。巡査
杉坂知幸　山岳救助隊副隊長。巡査部長
江草恭男　山岳救助隊隊長。白根御池警備派出所長。警部補
沢井友文　南アルプス署地域課長。警部

遭難救助関係

高辻四郎　白根御池小屋管理人
納富慎介　山梨県警航空隊。操縦士。警部補
的場　功　山梨県警航空隊。副操縦士。巡査部長
飯室　滋　山梨県警航空隊。整備士。巡査部長
松戸颯一郎　北岳山荘スタッフ
小林和洋　肩の小屋管理人。父親の雅之の後任

警視庁

大柴哲孝　阿佐ヶ谷署刑事組織犯罪対策課員。巡査部長
真鍋裕之　阿佐ヶ谷署刑事組織犯罪対策課員。大柴の相棒。巡査部長
中西伍郎　阿佐ヶ谷署刑事組織犯罪対策課長代理。大柴の警察学校の同期。警部補
竜崎和雄　公安部外事三課所属。警部補

その他

渋瀬清隆　獣医師。松濤館流空手教士。段位は六段。杉並区内に道場を開いている
新野純也　ジャーマン・シェパード、マックの飼い主。小学五年生。

序章

一頭の犬が疾走《しっそう》している。

南アルプスの主峰、日本で二番目に高い北岳《きただけ》の中腹にある白根御池小屋《しらねおいけごや》。小屋開けから間もないこの山小屋に隣接する、南アルプス山岳救助隊夏山警備派出所の裏手に、小さいながらもドッグランが作られていた。

標高二二三〇メートルのこの場所からは、バットレスと呼ばれる巨大で荒々しい岩壁をそそり立たせた北岳の威容《いよう》がよく見える。

午前八時半。

山小屋の登山客たちがとっくに出発した時刻である。次の来客が始まる午後になるまで、つかの間の静けさが辺りを包む。白根御池は小さな池だが、周囲をダケカンバの林に囲まれて、その若い青葉がいっせいに風に揺られていた。

低い木の柵《さく》で囲われたドッグランのフィールドを軽快に走る犬は、白黒の被毛《コート》、顔の辺りに少しだけ茶色の毛が混じった、トライカラーのボーダー・コリー。名前はメイだ。

障害物として並べられたハードルを三つ飛び越え、平均台に上って見事にこれをクリアし、ウィービングポールをいくつも立てたスラロームをジグザグに抜け、最後の柔らかな布でできたソフトトンネルをグイグイとくぐって外に出ると、一直線に走って戻ってきた。

山岳救助犬メイの指導士《ハンドラー》である星野夏実《ほしのなつみ》は、膝《ひざ》を曲げて両手を差し出す。チェックの山岳シャツにベージュの登山ズボン。そして〈K－9〉と白く刺繍《ししゅう》された紺色のキャップ。

南アルプス警察署地域課の警察官にして、ここ北岳を中心とした山域で救助活動にいそしむ山岳救助隊員のひとりである。

メイが飛びつくように、夏実の腕に帰還した。

デジタル式のストップウオッチでタイムを確認する彼女を、大きな尻尾《しっぽ》を大げさに振り、メイが激しく顔を舐《な》めてくる。

「記録更新よ。メイ、いい子！」

夏実は腰のポーチから、細かく切ったジャーキーをつまみ、メイに食べさせた。

アジリティと呼ばれる犬の障害物競技だ。もとは災害救助犬などのためのカリキュラムだったが、もちろん、山を舞台に活躍する山岳救助犬にも、この訓練は欠かせない。かれらが活躍するこの山という舞台そのものが、障害物だらけのフィールドだからだ。

「凄《すご》いじゃない。これまででいちばん早かったんじゃない？」

すぐ傍《そば》で、ジャーマン・シェパードのバロンとともに待機していた同僚《どうりょう》、神崎静《かんざきせい》奈《な》の声がした。小柄な夏実と対照的に、すらりと背が高く、長い髪をポニーテイルに結んだ美女だ。

夏実は上気した顔で微笑《ほほえ》んだ。

「まぐれですよ、静奈さん」

「まぐれで記録更新しないでよ」

そういいながらも静奈は嬉しそうである。傍《かたわ》らのバロンも、長い舌を垂らして口角《こうかく》を吊《つ》り上げて笑っている。

そのとき、背後の犬舎から、一頭の仔犬《こいぬ》を連れた進藤《しんどう》諒大《りょうた》隊員が出てきた。

ふたりと同じ服装で、やはり〈Ｋ－９〉と刺繍された紺色のキャップをかぶっている。これはＣａｎｉｎｅという犬を表す言葉をもじったもので、おもに警察犬や救助犬などの作業犬の愛称として使われている。南アルプス山岳救助隊は、全国でもゆいいつ山岳救助犬を導入したことで注目されていた。

進藤隊員は夏実たち〈Ｋ－９〉チームのリーダーだ。

かつてはカムイという名の川上犬《かわかみけん》を相棒としてチームを率いていたが、カムイは半年前にこの山で命を落とした。その後継となる救助犬が、今、彼の傍にいる仔犬であった。

赤毛の混じった短毛で、小さな三角の耳をピンと立てて凜《りん》としてすました顔で前方を見つめるその姿は、どこか先代のカムイによく似ている。救助犬の印であるオレンジ色のハーネスも似合い、作業意欲も満々に感じられる。

新しい相棒の名はリキという。

去年の十月に誕生したばかりの生粋《きっすい》の川上犬である。生後八カ月の若齢期《じゃくれいき》ということで成長はほぼ止まって、躰《からだ》が完成されている。しかしどこかに仔犬独特の幼さを感じるのは、やはりその表情だろう。

それでもキリッと吊り上がった目は、ある種の迫力をかもし出し、ニホンオオカミの血を引くといわれる川上犬の特徴をはっきりと見せている。

四カ月に及ぶ警察犬施設での訓練を経て、ようやくここ北岳の警備派出所にハンドラーの進藤とともにやってきた。

リキは好奇心に満ちた目でメイとバロンを見て、おそるおそる近づく。二頭の先輩犬は、すでにリキを自分たちの仲間と認めているため、新参者の接近を許している。挨拶《あいさつ》のつもりらしく、リキが小さな鼻先をメイの顔に当てると、たちまちメイが尻尾を振った。バロンは少し警戒したふりをするが、すぐに伏せの姿勢になって、リキに顔を舐めさせた。

「可愛い」

夏実が笑い、しゃがみ込んでリキの顎下《あごした》を撫《な》でた。

「そろそろこの子も実戦投入？」と、静奈が訊《き》いた。

「残念ながら、一歳になるまではだめだと、担当の獣医師に止められてるんだ」

進藤は歯がゆそうに答えた。「四肢《しし》の肉球の皮膚がまだ薄いから、とくに岩場での作業は避けるようにといわれている」

「あと四カ月か。待ち遠しいですね」

夏実の声に、進藤はうなずく。

「当分はメイとバロンに現場をまかせるよ。それまでみっちりとここで訓練しなきゃあな」

進藤はリキをオフリードにした。

午後七時――まさに日の入りの時刻になって、遭難の報告が警備派出所にもたらされた。

白根御池小屋から駆けつけてきた管理人、高辻四郎《たかつじしろう》が、派出所の扉を開き、待機室に飛び込んできた。大きなテーブルや山岳地図があるこの部屋には、七名の救助隊員たちが詰めていた。

全員が夕食を終えて、あとは就寝するだけのはずだった。

「ついさっき、中年男性のお客さんたち三名が到着したんですが、遅れて歩いていた仲間ひとりがいつまで経《た》っても来ないといってきました」

高辻の報告に、山岳救助隊長の江草恭男《えぐさやすお》が驚く。

「こんな遅い時間にですか」

山小屋には、遅くても午後三時から四時頃までに到着するのが登山者の常識である。

「コースは？」と訊いたのは、杉坂知幸《すぎさかともゆき》副隊長。

「肩の小屋から頂上を越し、八本歯《はっぽんば》のコル経由で大樺沢《おおかんばさわ》の左俣《ひだりまた》ルートを下っていたようです」

高辻からの報告を聴いて、全員が壁にある北岳の地図を見つめた。

「よくあるパーティ分離か」

深町敬仁《ふかまちたかひろ》隊員がそうつぶやく。

足の速さの違いや、疲れたからと置き去りにされるケースはあとを絶たない。集団行動の基本が守られないのである。そしてそれが事故の原因になることも多い。

「この時間だと、ヘリコプターはもうフライトできません」

関真輝雄《せきまきお》隊員が腕時計を見ながらそういった。「われわれが足で捜すしかありませんね」

「要救助者の情報をメモしてあります」

高辻が紙片をテーブルの上に広げた。

「西岡浩二《にしおかこうじ》さん、四十八歳。登山歴四年。体型は中肉中背で丸顔、髪は短く、濃い口《くち》髭《ひげ》を生やしてます。着衣は赤い山シャツに茶色のズボン。四十リットルのミレーのザック。ダブルストック……」

杉坂が読み上げるのを、関がホワイトボードに書いてゆく。夏実はそれを見ながら、しっかりと記憶する。

髭面の江草隊長が高辻にいった。

「ご苦労様です。山岳救助隊は本件を遭難事案として受理します。これより、全員出動」

「隊長、救助犬の出動は？」と、進藤隊員が訊いた。

江草がうなずく。

「場所の特定ができていないため、犬の鼻が必要です。神崎、星野両隊員は、救助犬出動のスタンバイをお願いします。残念ですが、リキは待機ということで」

「諒解《りょうかい》しました」

ふたりが立ち上がり、声をそろえる。それから傍らに座る進藤に、夏実がいった。

「すみません。リーダーを差し置いて」

「こればかりは仕方ないさ」と、苦笑いを返される。

「進藤くんは私といっしょに情報収集のほうをお願いします」

そういって江草が彼の肩を軽く叩《たた》いた。

「ところで曾我野《そがの》、横森《よこもり》の二名が小林《こばやし》さんのところにいますが、連絡は取りますか？」

深町が眼鏡を指先で押し上げ、いった。

曾我野誠《まこと》と横森一平《いっぺい》。救助隊の中でもいちばん若手の二名は、標高三千メートルの場所にある肩の小屋に行っていた。小屋の管理人、小林に呼ばれて、スタッフたちに救命救急法の指導をするためだった。

「いや。彼らには彼らの仕事があります。われわれだけでやりましょう」

そういって江草隊長が立ち上がる。「現場指揮は杉坂副隊長、よろしく」

「諒解」

大柄な副隊長が背筋を伸ばした。

「では、出動」

杉坂の声とともに、隊員たちがザックや救助道具を仕舞ってある隣室へと向かった。


風に枝葉を揺らしながら、木々がいっせいに大きく傾《かし》いでいる。

出動した救助隊員は五名。

先頭は神崎静奈と星野夏実。バロンとメイの二頭の救助犬。

続いて副隊長の杉坂、深町、関と三名の隊員が走る。

全員が健脚であるが、すでに夜も更けて森は真っ暗だ。ヘッドランプのＬＥＤの白色光が、樹間を漂う湿気で乱反射している。腕時計の照明スイッチを入れる。午後七時半になろうとしていた。

やがて森を抜け、急坂を下ると、二俣《ふたまた》分岐点に到達する。

ここからは大樺沢を辿《たど》って上るコースとなる。眼前には雪渓《せっけい》が広がっている。その白さが闇の中に鮮やかに見える。六月下旬の雪渓だが、日が暮れて気温が下がり、ガチガチに表面が凍っている上、ところどころに落石が点在している。

雪渓のずっと上方に、八本歯のコルと呼ばれる稜線《りょうせん》が黒く連なっていた。付近はガスにすっぽりと呑み込まれている。

空には青く月がかかっていた。その光の下、右手には北岳の岩稜《がんりょう》がそびえ、標高差六百メートルの大岩壁バットレスも黒々と闇に浮き出すように見えていた。

ゴウゴウと山が唸《うな》っている。風が強い。

気温がさらに下がってきた。

こんな場所にひとり取り残されているという登山者のことを思った。初夏ではあるが、たとえば汗をかいたまま、冷たい風にさらされ続けると低体温症におちいる可能性がある。意識を失っていたら、そのまま死につながる。

「犬を先頭に立てろ」

杉坂副隊長の命令。「バロンはバットレス方面。メイは雪渓だ」

神崎静奈がバロンのリードを外した。

「バロン、GO！」

大柄なシェパードが急坂を走ってゆく。

「メイ、サーチ！」

夏実は相棒の救助犬に声を放った。

ボーダー・コリーが夜露に濡れた岩場をジグザグに駆け、低く鼻を押しつけるように進む。

バロンは大きく周囲を走りながら捜索し、メイは夏実の近くをジグザグに走って地《じ》鼻《ばな》を使っている。それぞれ異なるサーチの仕方で臭源《しゅうげん》を探求するのである。

嗅覚に優れた犬という動物、とりわけ臭気探求の訓練を受けた救助犬は、人間の微小な臭気をキャッチすることを得意とする。さいわい風は山頂から吹き下ろしていて向かい風作業となる。風上に要救助者がいるとすれば、メイやバロンが探り当てる可能性はある。

風がまた正面からぶつかってきた。

そのとき、

「〝ラ――クッ〟！」

前方右手から深町の声がし、ハッと顔を上げた。

ゴツンと重々しい音がして、かすかに足許《あしもと》で大地が揺れたように思えた。考えるよりも素早く躰が動いた。夏実は身をかがめて足許のメイをすくい上げ、とっさに真横に飛んだ。

その刹那《せつな》、鼻先をかすめるように、真っ黒な大きな塊《かたまり》が跳躍してきた。

一瞬、風圧を感じた。鼻の奥にきな臭い匂いがした。

岩がかすめて落ちていった。

メイを抱きかかえたまま、夏実はその場に尻餅《しりもち》をついていた。

「大丈夫？　夏実」

静奈が駆けつけ、声をかけてくれた。バロンも戻ってきた。

「あ……大丈夫です」

メイを傍らに下ろし、立ち上がる。

「無事で良かった。えらくでかい落石だったな。雪渓の上を滑り落ちてきたようだ」

深町がやってきて、そういった。

岩場ではなく雪の上を滑ってきた。だから、今まで音が聞こえなかったのだ。

直撃すれば怪我《けが》どころか、命がなかった。

ふいにメイの声がした。

上体を揺らすように吼《ほ》えている。二度、三度。

夏実は驚いた。

「見つけたの?」

メイは耳をピンと立て、大きく目を剝《む》いて吼え続ける。

その方角は――。

「大樺沢の向こう岸だと?」

静奈の隣に立っていた深町がいった。訝《いぶか》しげな目で闇の向こうを見ている。

「星野、神崎。犬たちを先に行かせてみてくれ」

杉坂副隊長にいわれ、夏実と静奈がうなずく。

メイとバロンを先頭に、救助隊員たちが闇を分けながら足早に進む。

ヘッドランプの灯《あか》りを頼りに五十メートルばかり、急斜面の雪渓を這《は》うように登った。凍った雪にしきりと足を取られる。アイゼンを装着していても、爪の先が食い込まず、滑ることもしばしばである。

風も相変わらず強い。ときとして、膝を折って身をかがめ、耐風姿勢をとらねばならぬほどだ。

先ほどのように、ふいの落石が襲ってくる可能性もある。何しろ、バットレスの下は季節を問わず、落石の多発地帯だ。

夏実が動きを止めた。

パラパラと不気味な音を立てて雪上を滑り落ちてくる小さな石の先に、何か違和感がある。ヘッドランプの白色光を当てて見る。黒い棒のようなものが雪に半ば埋もれていた。

夏実は走った。それを手に取ってみると、長い金属の棒だった。

「ストックです！」

振り返りざま、風音に負けないように大声を放った。

アルミかカーボン製の軽量の登山ストック。側面にはＢＬＡＣＫ　ＤＩＡＭＯＮＤと記してある。

杉坂副隊長がやってきて、それを手にした。

「〝要救《ようきゅう》〟はたしか……」

「ダブルストックだという報告だったわ」と、静奈がいう。

全員で顔を合わせ、うなずき合った。

「西岡さーん！」

夏実は名を呼びながら、雪の急斜面を這い上がってゆく。

メイがすぐ横をついてくる。斜め後ろを歩いていたバロンが足を止めた。顔を持ち上げ、高鼻《たかばな》を使っている。静奈がそれに気づいたとき、シェパードが大きく吼えた。二度。三度。

「静奈さん、まさか？」

「近くにいる」

静奈がそういったと同時に、メイも吼え始めた。

「〝要救〟の生存は？」と、深町が訊《たず》ねる。

「大丈夫。バロンとメイが嬉しそうだから！」

静奈がそういいながら、夏実とともに闇の中をさらに進んだ。

ふいにまた、気配を感じた。

夏実が思わず顔を上げたとたん、額《ひたい》のヘッドランプの光条がすぐ前にある大きな岩に当たった。

雪渓を右岸に渡りきった場所。上へ延びる枝沢の途中だった。

岩にもたれて脚を投げ出し、男性がひとり座っていた。

赤い登山シャツ。茶色のズボン。傍らには中型のザックが横たえられていた。ＭＩＬＬＥＴの文字がライトの光の中でくっきりと見えている。

メイがまた吼えた。

嬉しそうに尻尾を振り、何度も。

夏実が身をかがめて背中を軽く叩いてほめた。

全員で、急いでそこに向かった。

雪渓を抜け、大小の岩が積み重なるガレ場を登ってゆく。だんだんと近づく大きな岩。その前で、中年の男性登山者が俯《うつむ》いている。報告の通り、口髭を濃く生やしていた。

まるで人形のように、ピクリとも動かずにいる。隊員たちが急ぎ足になる。

夏実は無意識に足を止めた。メイが気づき、顔を上げた。

いやな感覚が心に生じていた。

次第にそれが〝色〟づき始めていく。

深町が少し前で足を止め、振り返った。怪訝《けげん》な様子で声をかけてくる。

「星野。どうした」

夏実は唇を引き結んでいた。

離れた場所に座る男性登山者を見つめたままだ。

いつもは要救助者を発見するとこみ上げてくる喜び。なぜか、このときにかぎってそれがなかった。それどころか不安が胸の奥に渦巻いている。そしておぞましいような〝色彩〟が心に感じられるようになった。

それは特殊な共感覚であった。

事象や感情に〝色〟がついて見えてしまう。そのことで、夏実は子供の頃から苦しめられてきた。

しかしそんな力があることを、周囲の者はほとんど知らない。ただひとり、それを打ち明けたのは深町だけだ。

「星野？」

夏実は彼と目を合わせた。

唇を軽く嚙《か》んで、彼女はいった。「大丈夫。行きます」

メイとともに歩き出した。

ガレ場をクリアして、他の隊員たちとともに要救助者の前に到着する。

夏実は唇を嚙んだまま、黙って男を見下ろした。かすかに胸が上下している。意識もあるようだ。

着ているのはシャツとズボン。ジャケットや防寒具などは着用していない。

気温はすでに五度を切っている。しかも強風。体感温度は零度《れいど》以下のはずだ。

深町が手を伸ばし、右肩に触れた。

「もしもし」

登山者がゆっくりと顔を上げる。ヘッドランプのＬＥＤの光の中に、蠟《ろう》のように真っ白な顔があった。目が虚《うつ》ろだった。

「私の声が聞こえますか？」また深町がいった。

ふいに男の目にかすかに光が戻った。紫色になった唇が震えている。

「西岡……浩二さんですよね」

深町の問いに、男が小さくうなずいた。かすかに開いた口。奥歯がカチカチと音を立てていた。

ずいぶんと躰が冷えているようだ。低体温症の症状が顕著だ。

関がすばやく触診し、脈を測り、瞳孔をライトで照らした。彼は隊員の中でゆいいつ医師免許を持っている。

「大きな怪我はないみたいだ。極度の疲労と寒さで動けなくなってるようです」

「西岡さん。南アルプス山岳救助隊です。あなたを救助に来ました」

杉坂副隊長がそういってから、振り返った。「星野。何をぼさっと突っ立ってるんだ。テルモスを出してくれ」

夏実は我に返り、ザックを下ろした。ザックカバーをめくり、雨蓋《あまぶた》を開き、中からテルモスの水筒を取り出した。湯気を上げる中身をチタン製のマグカップに注ぐ。

「これ、飲んで下さい。ホットカルピスです。躰が温まりますよ」

男は震える両手を伸ばし、マグカップを受け取る。

血の気を失った口許に持っていく。

「ゆっくりです、西岡さん。むせますから」

すするように、そっと飲んだ。彼は目を閉じて口を引き結び、それからまた飲んだ。

三口目、四口目。

ヘッドランプの灯りの中で、彼の頰《ほお》にわずかに赤味が差したのがわかった。

その姿を夏実はじっと見つめていた。

先ほどの不安はいつしか消えていた。おぞましいような〝色〟も、今は見えていない。

少しホッとした。

傍らにいるメイを見る。しゃがみ込み、柔らかな被毛に手をかけ、耳の後ろを撫でてやる。

「メイ。よくやったよ」

相棒を誉《ほ》めてから、向き直った。

「西岡さん。山小屋で仲間のみなさんがお待ちです。いっしょに行きましょう」

杉坂の声に男ははっきりとうなずいた。

深町がザックの中から予備のジャケットを取りだし、西岡に着せた。

「立てますか？」

彼はまたうなずき、立ち上がろうとしてよろけた。とっさに関がフォローに入る。

深町と関に肩を借りながらも、何とか立ち上がれた。

「落石を避けるために、雪渓から遠ざかって、この岩の陰に避難されてたんですね」

夏実が訊ねると、彼はうなずいた。

「このまま、ゆっくりと歩いてみて下さい」

西岡浩二は関隊員の肩に手を回したまま、急斜面を少しずつ歩き始めた。

ガレ場を慎重に下りて、雪渓に到達した。

砂や小石がパラパラと落ちる雪の急斜面。足場の悪いコンディションの中、何とか、一歩また一歩と自力で歩き出した。

「その調子です。ゆっくり行きましょう」

関によりかかるようにして、男は少しずつ歩いて下る。

続いて夏実と静奈。メイとバロン。

杉坂副隊長が落ちていた男のザックを持ち運びながらついてくる。深町がしんがりになって夏実たちのあとを追って下ってきた。

白根御池に戻ったのは、午後九時を回った時刻だった。

要救助者の西岡浩二は衰弱していたが、最後まで自分の足で歩き通した。パーティ仲間の男性たち三名は、発見の報告を無線で聞いた管理人の高辻夫妻とともに、白根御池小屋の玄関ホールで待っていた。

要救助者のためにロビーのストーブもガンガン焚《た》いてある。

夏実と静奈はそれぞれの救助犬を犬舎に入れ、すぐに戻ってきた。派出所で待っていた江草隊長と進藤隊員も駆けつけてきた。

全員が直立姿勢。副隊長の杉坂が報告を入れる。

「救助任務完了しました」

「ご苦労様でした」

いつものおっとりとした笑顔で江草が答え、高辻と妻の葉子《ようこ》が頭を下げた。

「お疲れ様でした。あとはこちらでお引き受けします」

そういった高辻の隣で、葉子が微笑《ほほえ》んだ。

ふたりの後ろに西岡のパーティ仲間たちが立っていた。夏実たちとともに山小屋に入ってきた彼の無事な姿を見て、さぞかし全員が安堵《あんど》しただろう。

当然のようにそう思っていた。

しかし奇妙なことに、男たちはいずれも感情を露《あら》わにせず、黙って彼を見るばかりだった。

夏実の胸の奥に、また不安が渦巻いた。

山小屋の若いスタッフたちが、深町が貸していたジャケットを脱がせ、登山靴の紐《ひも》を解《と》いて、西岡をフロアに上げた。左手の談話室にあらかじめ敷いてあった布団まで運び、そこに横たえた。

「晴人《はると》くん、白湯《さゆ》を持ってきてくれるか」

「遥香《はるか》ちゃん、玄関に脱いである登山靴をビニール袋に入れて、こっちに持ってきて！」

高辻と葉子の指示を受け、若いスタッフたちはてきぱきと働いている。

そんな中、一連の動作を、仲間の男たちは黙って見ているだけだった。そのあまり感情を表さぬ顔と、どこか冷ややかな感じがする目が、夏実にはおぞましいもののように思えた。

あの邪《よこしま》な感じがする〝色〟が、またかすかに立ち上がって揺らいでいた。

それを振り払うように、夏実は視線を逸《そ》らした。

掛け布団をかけられるや、西岡は寝息を洩《も》らし始めた。その横に座って、三名の登山者たちはだまって見下ろしていた。が、ほとんど会話という会話もなく、やがて二階へと上がっていった。

「失礼な連中ですね」

一連の出来事を見ていた進藤諒大隊員が不満そうにいった。「遭難した仲間を助けて運んできたのに、手伝いもしない。ありがとうのひと言もない。それもみんなロボットみたいに無表情だ」

「最近はそんな登山者が増えましたよ」

高辻が笑いながらいった。「救助されて当然だと思ってるんでしょう」

「みなさん。本当にお疲れ様でした」

高辻葉子が頭に巻いていたバンダナを取り去っていった。「少しお茶でもいかが？」

「いや。もう遅い時間ですし、明日に備えて自分たちは寝ます」

杉坂副隊長がそういって頭を下げた。

「そういえば神崎さんは、明日、下山ですってね」

「ええ」

葉子の顔を見た静奈が、なぜか、少し恥ずかしげにいった。「休暇をいただいて東京に行ってきます」

「静奈さん、空手の試合なんです。私と深町さんも応援に行く予定です。あ、曾我野さんも明日は肩の小屋から下りてきて、そのまま試合の会場に駆けつけてくれるそうです」

夏実がいうと、高辻夫妻がそろって破顔した。

「私たちもここから応援させていただきますよ」

そういった高辻に向かって、静奈が頭を下げた。

「星野はずいぶんと疲れてるようだな」

じっと見つめる深町の視線に、夏実はふっと安心感を覚えた。

「ええ……」

深町が軽く背中を叩いた。

「今夜はしっかりと休め」

そういって歩き出す彼の背中を追って、夏実も山小屋を出た。

ACT—Ⅰ

1

六月二十七日。

都内渋谷《しぶや》区にある城西《じょうさい》スポーツセンターは、満員の観衆であふれかえっていた。

目映《まばゆ》い照明に照らされた広いメインアリーナのフロア。その二カ所に赤と青で組み合わされたジョイントマットが敷かれ、それぞれ空手衣姿の選手たちが試合をしている。

三方の高い場所にある観覧席の手摺《てす》りには、都道府県警察の名を記したカラフルな横断幕や幟《のぼり》が飾られ、観衆の間でプラカードが揺れている。ちょうど真向かいの壁には大きな看板がかけられ、こう揮毫《きごう》されていた。

《第二十八回全国警察官空手道選手権大会》

選手たちに放たれる声援が、会場全体に響き渡っている。観覧席の片隅に座る夏実は、その熱気に圧倒されていた。型の部が午前中で終わり、午後一時半から組手の部が開始され、三時半を回って男女それぞれの準決勝戦が終わったばかりだ。

「先輩。遅れてすみません」

その声に気づいて振り向く。

観覧席の間の階段を、デニムの上下姿の曾我野誠が下りてくるところだった。

「中央本線の信号故障とやらで、特急あずさが立川駅を過ぎたところでずっと停車してて、さすがに焦《あせ》りました」

「曾我野くん。車はどうしたの」

「オイル洩《も》れの故障でオーバーホール中です。あいにくと代車がなかったもんすから」

夏実の隣に座り、ハンカチで顔の汗を拭《ふ》きながら彼は訊いた。「で、神崎先輩は?」

「女子の部の団体決勝戦が、これから始まるところだ」

反対に座る深町が答えた。「山梨県警チームは決勝まで勝ち進んでいる」

曾我野はホッとした顔で、また額の汗をハンカチで拭《ぬぐ》う。

「型の結果はどうでしたか?」

「団体戦は三位だった」

深町の言葉に曾我野が驚く。「意外ですね。てっきり余裕で優勝だとばかり思ってました」

「上には上がいるってことだろうな。もっとも団体型の場合、神崎だけが上手くても他のふたりがダメなら仕方ない」

「で、個人のほうは当然、優勝っすよね?」

「神崎さんは辞退している」

「え。本当っすか」

深町がうなずいた。「これから始まる女子組手のほうも参加は団体戦だけだ」

「マジっすか。どうして、また?」

「自分の空手に、むやみに順位をつけられたくないんだって」

曾我野はあっけにとられた表情で夏実の顔を見つめた。

「なんですか、それ」

夏実は肩をすくめ、笑った。

「わかんないけど、静奈さんなりのこだわりみたいなものがあるんでしょ」

裂帛《れっぱく》の気合いに、彼らは思わず会場に目を向けた。

男子の部の決勝戦である。

主審席から見て右手が赤の富山県警。左手の青は警視庁。ちょうど、五人目の大将同士の対決が始まっていた。

どちらも大柄な男性選手だから迫力がある。両手にはそれぞれ帯と同じ色の赤と青の拳《けん》サポーターをつけ、足にもレッグサポーターを装着している。道着の下にもプロテクターをつけているが、メンホーと呼ばれる顔と頭部の防具はなく、マウスピースだけだ。

半身がまえでトントンとリズムを刻んでステップしながら、お互いに打ち合う技が、まれにボディや足などにヒットしている。そのためか、見ていて痛々しいこともある。

「この大会って、フルコンじゃないっすよね、たしか」

試合の様子に驚いて曾我野がつぶやく。

「警察官同士だし、ヒートアップしているから、つい入ってしまうんだろうな」

深町がそういった。

この空手大会はフルコンタクトと呼ばれる直接打撃制ではなく寸止《すんど》めがルールだ。

しかし、寸止めといっても皮一枚で止めるのは意外に難しく、夢中になるとまともに相手に当たってしまう。

にもかかわらず、スーツにネクタイ姿の主審がそのことで試合を止めないため、おそらく意図的に顔面や急所に当てないかぎり、黙認されているのだろう。

「お、上段突きが決まった」

曾我野が興奮気味に叫ぶ。

赤帯を巻いた選手がダッシュしての刻み突きを、相手の顎付近に入れたところだった。

主審が右手を前に突き出し、「やめ！」の声で双方を分け、赤の選手に「有効」を宣言する。そこでタイムアウトとなり、ホイッスルの合図で終了。

四角の椅子に座る副審たちが赤の旗を揚げ、勝者が告げられる。

ふたりは握手を交わした。互いの健闘をたたえ、背中に手を回してたたき合ってから離れた。正面に礼、互いに立礼のあとで場外に戻る。

結果がアナウンスされ、三対二で富山県警の優勝が決まった。

双方がふたたび立礼をし、退場してゆく。

ちょうど入れ替わりとなって、アリーナへの入口から女子選手たちが入場してきた。

女子団体組手の決勝戦。ちょうど夏実たちのすぐ前のマットだ。

決勝に残ったのは大阪府警と山梨県警。それぞれから選抜された選手たちが五名ずつ。中でも、すらりと長身の神崎静奈の姿はよく目立っていた。

山梨県警は青帯、大阪府警は赤帯を、それぞれの帯の上に巻いている。選手が紹介される。山梨県警の先鋒《せんぽう》は富士川《ふじがわ》署の岡田真弓《おかだまゆみ》。次鋒は八ヶ岳《やつたけ》署の宮川志保美《みやがわしほみ》。中堅は県警本部の篠原操《しのはらみさお》。副将は大月《おおつき》署の村川加代子《むらかわかよこ》。そして南アルプス署から参加の神崎静奈は大将。

最後に彼女の名がアナウンスされると、いちだんとどよめきが大きくなる。山梨県警でもダントツで、実力ナンバーワンだからだ。

「静奈さん！　がんばって！」

夏実が大声で声援を送る。

選手たちの礼が終わり、横一列に並んでいた主審、副審たちがそれぞれのコーナーの椅子につくと、先鋒同士が向かい合う。

富士川署の岡田は体重が七十キロ近くあるが、相手の大阪府警の選手は華奢《きゃしゃ》な感じだ。

お互いの立礼、主審の「始め！」の声で試合が開始となった。

静奈は場外に座り、冷静な表情で試合を見ている。岡田は動きが鈍く、たちまち技ありと有効を取られて敗退した。次鋒の宮川は静奈と同じぐらい背丈があった。そのリーチの長さを駆使して上段突きで有効を取り、相手を破った。

中堅の篠原は蹴《け》り技が得意だった。素早い動きで相手のガードを抜け、上段蹴りを鮮やかに決めて一本勝ち。ところが副将の村川が相手に足をかけられて転倒。そこに拳を突き下ろされ、一本を決められてしまった。

二対二の互角。あとは大将同士の試合で勝敗が決まる。

名前が呼ばれ、静奈が立ち上がる。

大阪府警の主将はがっしりとした肩で、男のような体格だ。髪は短く刈り上げている。対する静奈はポニーテイル。すらりとしたモデル体型だ。

深町が足許の荷物から取り出したソニーのハンディカムの電源を入れた。液晶を開いて録画モードにする。

双方の立礼に続いて、「始め！」の主審の声。

いきなり相手がマットを蹴って突っ込んできた。左の刻み突きの連続。

静奈がかわす。相手が野太い気合いを放ちながら、執拗《しつよう》に追い打ちをかけてくる。

右に左に摺り足で退きつつ、静奈が避ける。ポニーテイルの髪が激しく躍《おど》っている。

場外に足が出る寸前で相手の突きをひらりとかわし、真横に逃げる。

「神崎先輩が初っぱなからこんなに守りに徹するなんて珍しいっすね」

手摺りを両手で摑《つか》みながら曾我野がいう。

「もしかして不調？」

「いや」

メタルフレームの眼鏡越しに、ビデオの液晶画面の中で試合を見ながら、深町がいった。「たぶん、わざとだ」

「相手、あの調子じゃすぐにバテますよ」

曾我野がいったように、大阪府警の選手は開始早々に疲れていた。汗だくになって血走ったような目をしている。一方の静奈は涼しい表情だ。

「ほら。神崎先輩、いつもの右がまえじゃないでしょ」

「あ」夏実は気づいた。「そういえばそうですよね」

静奈は組手のときは常に利き手を前に半身になる。それが今は逆のかまえ方だ。

大きな気合いとともに相手がまた左を打ってきた。

わずかに身を引きながら、静奈が片足を出した。出足払いで利き足をかけた。

相手がマットに転んだ。

「静奈さん。そこッ！」

思わず中腰になって、夏実が叫んだ。

しかし驚いたことに、無防備に腹を上に転んでいる敵を前に、静奈はすっと引き下がった。

——やめ。

主審の宣告が入ったあとで効果のある技を決めてもポイントにはならない。

静奈は相変わらず涼しい顔で左がまえの態勢を続けている。

口惜《くや》しげな表情で向こうが立ち上がった。

主審が双方を開かせ、「青、技あり」と告げる。

ふたたび「始め！」の声。

「あれで突き下ろせば一本で決まるのに、なんで決めなかったんだ」と、深町がビデオをかまえながら、訝《いぶか》しげにつぶやく。

「神崎先輩は自分のペースで組手をやりたいんじゃないっすかね。だから、相手が積極的に出てくると、いつもの自分のスタイルをわざと崩して、受けに徹してたんだと思います」

「じゃ、もしかしてこれから？」

夏実の声に曾我野がうなずいた。

「ほら。神崎先輩がかまえ方を変えました」

静奈が右がまえとなっていた。敵は左がまえ。ゆえに双方が相《あい》がまえのかたちとなっている。

しかも静奈は小さく交互にステップを刻んでいる。ポニーテイルが揺れる。

「先輩のあのステップは空手のやり方じゃないんです。あれはバウンスといって、もともとダンスの動きなんですよ」

相手は両足を同時に弾ませている。組手でいつも見られるステップだ。しかし静奈のそれは右、左と小さく軽快にリズムを刻む。

「曾我野は詳しいんだな」

深町にいわれて彼はニヤリと笑う。「昔から格闘技マニアっすからね」

相手はさっきのような積極的な攻めをやめ、静奈の出方をうかがっている。

静奈は相手の死角に回り込もうとしているのか、ステップを刻みながらカーブを描くように敵の右側に移動する。相手はそれに合わせて向きを変える。

苛立《いらだ》った大阪府警の選手が打って出た。赤い拳サポーターが静奈の顔に飛ぶ。瞬時に自分のステップを乱した静奈。その姿がぶれて見えた。

いったい何が起こったのか。夏実にはわからなかった。

――やめ！

主審の宣告。静奈の側に手をやって、「青。有効」の声。

静奈がまたポイントを獲得した。

「見事なカウンターだ！」曾我野が叫んだ。

「え」と、夏実が驚いた。

「今のはまるで見えなかったな」深町がつぶやいた。

「相手の攻撃と同時に自分の技を出す。神崎先輩の得意な戦法です。敵の攻撃の下から、うまく中段に突きを入れてますよ」

「それってスローモーションで見ないとわかんないです」

「あとで再生してみればいいさ」

ビデオをかまえながら、深町が夏実に笑いかけた。

相手は額の汗を袖《そで》で拭いながら、静奈と向き合う。観衆がしんと静まりかえってきた。まるで選手ふたりの緊張が場内に乗り移ったようだ。

「向こうは二度もポイントをとられている」

深町がそういった。「女子組手の試合時間は二分間だ。相手は内心、かなり焦ってるはずだ」

静奈が軽く弾んでいる。リズミカルなステップはやはり空手というよりもダンスのようだ。

それを見ながら、夏実がいった。

「静奈さん、相変わらずの右がまえだけど、あの態勢でどうやって凄い技が出るんですか」

「ふつうの選手なら、利き手、利き足を後ろにして、ここぞというときに腰をひねって大きな一撃をくり出すんです。でも、そうなると、どうしても肩が動くし、予備動作を読まれてしまう。ところが神崎先輩は、予備動作がまったくなし、しかも最短距離で強烈な技をくり出せるんです。つまりムダな動きがない。だから、ああやって右がまえなんで——」

そんな曾我野の言葉の途中だった。

突如《とつじょ》、大きな気合いの声に、夏実は飛び上がりそうになる。

今度ばかりは夏実も目撃した。

声は大阪府警の選手だ。彼女が拳をくり出そうと右肩を下げた。その瞬間、静奈が踏み出した。

上体をわずかに反らした瞬間、美しいカーブを描いて、静奈の右脚が思い切り伸び上がり、顔の側面を叩いた。その拍子に相手が横倒しになる。打撃音がしないから、もちろん命中はしていない。しかし、向こうの選手はもんどり打って、見事に転倒していた。躰が柔らかい静奈だからこその、しなやかで、しかも大胆な蹴り技。

「内回し蹴りが決まった！」

曾我野が興奮して叫んだ。

主審が両者をわける。副審たちがいっせいに青の旗を揚げる。

——青、上段蹴り。一本。勝ち。

その声に会場が割れんばかりの拍手に包まれた。

観覧席の一角、〈ガンバレ！　山梨県警〉の白い幕を手摺りに張っている辺りの観衆が総立ちとなっていた。夏実と深町、そして曾我野も立ち上がっていた。神崎静奈に向かって惜しみのない拍手を送る。

2

城西スポーツセンターの正面エントランスのドアを開き、静奈は外に出た。

六月も間もなく終わろうとしているとはいえ、火照《ほて》った躰に風が涼しい。空には灰色の雲が一面に垂れ込めていた。

気象庁が梅雨《つゆ》入り宣言して二週間が経過するが、いっこうに雨が降る気配もなく、日照り続きで、今年は空《から》梅雨かと方々でいわれていた。そろそろひと雨ほしいところだ。

芝生広場の中央に立った時計塔が、午後四時ちょうどを示している。

タイル張りの階段を下りて、静奈たちは広い駐車スペースに向かう。

深町の車である黒のホンダ・クロスロード。それに隣り合うワインレッドの日産エクストレイルのドアロックを解除し、静奈は革ジャンの肩に担いでいたボストンバッグを後部座席に放り込んだ。

「今日は本当にお疲れ様でした」

ペコリと頭を下げてから、少し紅潮した顔で夏実が声をかけてきた。ジーンズに青いサマーセーターが小柄な体軀《たいく》に似合っている。「それに……優勝おめでとうございます。お見事でした」

「何よ。また、あらたまっちゃって」

目深《まぶか》にかぶっていたキャップを指先で上げ、目を細めながら静奈はいった。

ちょっとはにかんだような夏実の口許に小さな笑窪《えくぼ》。

少女のように屈託《くったく》のない明るい笑みが、静奈には眩《まぶ》しすぎる。

「先輩。型の部は少し残念でしたが、また来年がありますから」

深町の隣に立つ曾我野は、まだ興奮気味の顔である。

「そうね」

「でも……個人戦への出場はもうされないのですか」

静奈はかすかに眉《まゆ》をひそめ、うなずいた。「そのつもり」

「いったい、どうして――」

「曾我野。よけいな詮索《せんさく》はしない」

深町に釘を刺され、彼が口をつぐむ。

「私、このまま深町さんと戻りますけど、静奈さんは？」と、夏実。

「バロンを知り合いの獣医師に預けてるから、引き取りにいくわ。戻りは明日になるけど、課長にはそのことを伝えてあるから」

「じゃあ、あっちで」

夏実が手を振り、深町の車の助手席に乗る。

「深町先輩。俺も後ろに乗っけてもらっていいっすか」

そういいながらクロスロードの後部ドアを開こうとした曾我野の腕を、静奈は素早く摑む。

「え？」

振り返る曾我野を見て、いった。

「野暮《やぼ》だね。少しは気を利かせたら？」

彼は車内に向き直り、隣同士で座る夏実と深町の姿を見た。

「あ」

クロスロードの助手席のサイドウインドウが下り、夏実が顔を出す。

「どうしたんですか、曾我野さん。後ろに乗って下さい」

「いや……やっぱりいいんです」

しどろもどろに彼が答える。

「曾我野くんは私が送るから、夏実は深町さんと先に帰ってて」

静奈の声に彼女がうなずく。

「じゃあ、お先に失礼します」

サイドウインドウが閉まるとともに深町がステアリングを切って、クロスロードが走り出した。

駐車場の外に向かって遠ざかる車を、静奈は見送っている。

それから隣に立つ曾我野に振り返ると、その頭を拳で軽くコツンと叩いた。


井《い》の頭《かしら》通りを西へ向かい、大原《おおはら》二丁目交差点を右折して環状七号線へ入った頃、エクストレイルのフロントガラスにポツポツと小粒の雨が当たり出した。ガラスは撥水《はっすい》コーティングされているため、まだワイパーを使うほどではない。小さな無数の雨粒が、下から上へとコロコロと転がっていく。

高円寺《こうえんじ》方面に向かう外回りの車列はスムーズに流れている。しかし、首都高の高架をくぐったところで前方に赤い尾灯が並んでいた。

渋滞だった。路肩に道路工事の告知看板が見えていた。

静奈はブレーキを踏み、ハザードをしばらく点滅させて後続車輛《しゃりょう》に警告してから切った。

「神崎先輩。さっきのこと、すみません」

助手席からふいにいわれた。見れば、曾我野が照れくさそうに頭を掻《か》いている。

「いいのよ。ああして機会を作ってあげないと、あのふたり、何の進展もないんだから」

「救助隊の中じゃ、ちょっと噂になってるけど、マジだとは思いませんでした」

「でもね。ふたりとも、別につきあってるわけじゃないのよ」

「そうなんすか」

「なんとなく、そういう空気になってるだけ」

静奈は微笑み、雨粒が落ちるフロントガラス越しに、前方に不規則に並んで赤く滲《にじ》む尾灯の群れを見つめる。

「どっちが惚《ほ》れてるんすか」

「夏実に決まってるじゃない」

「やっぱり」

曾我野は少し首を傾《かし》げてから、こういった。「でも、深町先輩はそれを受け入れない……ってことは、星野先輩の片思いってことですかね」

「そうでもなさそう。深町さんは彼なりに夏実が好きなのよ。でも、あの子の思いをきちんと受け止められない何かの事情がありそうね」

「何か、複雑っすねえ。男女の関係って」

「曾我野くんはどうなの。あなた、イケメンだし、彼女のひとりやふたり、いそうだけど？」

「俺っすか？」

また頭に手をやって弱った顔で答えた。「前はいたんすけどねえ」

「ふったの？」

「ふられたに決まってるじゃないすか」

静奈はまた微笑んだ。

カーナビの液晶画面はワンセグモードになっていて、夕方のテレビニュースが放映されていた。

都内杉並《すぎなみ》区で多発している飼い犬の連続誘拐殺害事件を、若い女性キャスターが神妙な表情で伝えているところだ。

三日前の六月二十四日の朝、荻窪《おぎくぼ》で飼われていたジャーマン・シェパードが忽然《こつぜん》と姿を消し、その日のうちに近くの公園の草地で身体を切り裂かれた惨殺死体となって発見された。

以来、たったの三日で五頭が立て続けに被害に遭っている。それもシェパードばかりだ。いずれも屋内飼育の犬で、容疑者は家族が留守の隙《すき》に家宅侵入して、犬を拉致《らち》しているらしい。

「これって本当に愉快犯《ゆかいはん》なんでしょうか」

曾我野がそういった。

新聞やニュース番組などで知るかぎり、犯人は犬という動物に対して極端な偏見や憎悪を抱《いだ》く変質者、あるいは愉快犯だと捉《とら》えて警察は捜査しているという。

「愉快犯にしては犯行が大胆だと思うわ。かりに病的なまでに犬嫌いだったり、犬を憎悪する被疑者だとしても、留守宅に侵入して犬を、それもシェパードみたいな大型犬ばかりを拉致するのは大げさすぎる」

「だとすると、どういう人間が何の目的でこんな犯行をくり返してるんすかね」

静奈は考え、小さく鼻を鳴らした。

「わからない」

「でも、もしも犯人が捕まったとしても微罪っすよね」

「動物愛護法違反と器物損壊罪。家宅侵入ってところかしら」

「犬は家族っていうけど、法律は冷たいなあ」

ふいに曾我野がいった。「もしもの話ですけど、バロンが被害に遭ったら？」

しばしの沈黙のあとで、静奈がいった。

「そのときは、私、自分を抑えきれる自信がない」

曾我野が目をしばたたく。

ステアリングにかけた静奈の両手。それぞれの指の付け根に拳ダコが盛り上がっている。

「すんません。悪気はなかったつもりです」

「いいのよ。自分の犬を殺された飼い主の気持ちはよくわかる」

いつしかワンセグのニュース番組が天気予報になっていた。

今夜からまとまった雨が降りそうだと、女性のキャスターがいっている。空梅雨もそろそろ終わりなのかもしれない。

前方の車列が進み始めた。

静奈はブレーキを踏む足を上げて、アクセルに軽く乗せた。

雨脚が少し強くなったので、ワイパーのスイッチを入れる。キュッキュとガラスを拭う音がする。

カーナビの画面の下に表示された時刻は午後四時四十分。

杉並区堀《ほり》ノ内《うち》の閑静《かんせい》な住宅街の一角に、〈渋瀬《しぶせ》どうぶつクリニック〉の紫色をした看板が目立っていた。

狭い駐車スペースには真っ赤なボディのハッチバックが一台。その隣に停める。似たような色の車が二台並んだが、静奈のエクストレイルの地味なワインレッドに比べ、隣は派手に目を惹《ひ》くような強烈な赤だ。

「お。アルファロメオのミトだ。それも二〇一六年型のコンペティツィオーネっすよ！」

曾我野が嘆息《たんそく》する。

「そんなに鼻の下を伸ばしてないで、行くわよ」

静奈はライトを消灯し、エンジンを停止させ、運転席のドアを開いて下りた。

入口の庇《ひさし》の下にふたりで入ったとき、ちょうど自動ドアが開いた。ウエストハイランド・ホワイト・テリアを片手で胸許《むなもと》に抱いた五十前後の中年女性が出てきた。赤毛に染めた髪をウエーブさせ、高級そうなベージュのスーツに黒のパンプス。もう一方の手に刺繍《ししゅう》模様の白い傘を差している。

「こんにちは」と、静奈が挨拶した。

女性は応《こた》えなかった。

スリムのジーンズに革ジャン、キャップといった静奈の姿を間近からジロジロ見てから、視線を変え、隣に立つ曾我野の、すり切れたデニムの上下を遠慮会釈《えしゃく》もなしに眺めた。それから傘をたたむと、アルファロメオのドアを開き、助手席に白のテリアを入れる。

真っ白な小さな犬はすぐにダッシュボードの上に立ち上がり、そこに両前肢《りょうまえあし》を載せ、三角の耳を立ててフロントガラス越しに静奈たちを見た。その愛くるしい容姿とは対照的に、飼い主の中年女性は徹頭徹尾、無愛想なまま、運転席に乗り込んだ。

サングラスをかけた彼女が、バックと切り返しで路上に出す。タイヤが水たまりの泥水を派手に跳ねた。真っ赤なアルファロメオが走り去るのを、ふたりして肩越しに見ていた。

「いやなババアですね」

「二十年後、ああならないよう気をつけとくわ」

「まさか、神崎先輩が？　想像もつきませんよ」

「セレブになる予定もないしね」

すると、曾我野が愉快そうにいった。

「静奈さんなら、ひょっとして誰かいい男性《ひと》に見初《みそ》められたりして」

「曾我野くん」

「はい？」

「私を下の名で呼ぶの、十年早い」

立ち尽くす曾我野をあとに、静奈はクリニックのドアを開いた。

診察室の奥、ペットホテルコーナーから連れてこられたジャーマン・シェパードのバロンは、やけに疲れ果てた様子だった。ハンドラーであり、飼い主でもある静奈の姿を見て、大きく尻尾《しっぽ》を振ったが、いつものような目の輝きはなく、耳も伏せ気味だった。ほぼ半日、狭い動物病院のケージの中に閉じ込められていたせいだろうか。

静奈は眉を寄せて悲しげに笑った。

大きなシェパードの頭を抱きしめ、耳の後ろや背中を優しく撫《な》でた。

静奈とのスキンシップで、ようやくバロンもいつものように目を輝かせ、また尻尾を大きく振り始めた。

獣医師の渋瀬清隆《きよたか》は艶《つや》やかな黒髪を短く刈り上げた四十代半ばの男性で、身長は一九〇センチぐらいあり、ガッシリした顎《あご》と厚みのある胸をしている。白衣の上からでも鍛えられた躰だとわかる。

同じ救助隊の後輩だと曾我野を紹介する。

静奈と渋瀬は古い空手仲間だ。

同じ松濤館《しょうとうかん》流で、段位は六段。教士の資格もとっている。杉並区内で道場を開いていて、カナダとオランダ、ロシアとウクライナに支部も持つ。獣医師の仕事も多忙だが、一年のうち三分の一は空手の指導のために外国に滞在しているという。

静奈とは都内で行われた試合で知り合った。渋瀬の門下生と戦った静奈が印象的で、声をかけられたのだった。以来、上京するたびに静奈は渋瀬の道場で汗を流すことが多かった。

今回は渋瀬のほうから連絡をとってきた。試合が終わったあと、自宅に招かれて飲もうという話となった。となると、バロンを南アルプス署女子寮に残してくるわけにもいかず、試合の間は彼のクリニックで預かってくれることになったのだ。

「大会の勝敗は？」

渋瀬にいわれ、静奈は少し笑う。

「型の部は残念ながら三位で、組手の部の団体戦は優勝でした」

静奈の代わりに曾我野が報告した。

「個人の部はまた欠場か？」

静奈は黙ってうなずく。

「お前が個人戦に出たがらない理由はわかってる。目立ちたくないのだろう?」

彼女はやはり答えず、かすかに眉をひそめただけだ。渋瀬も笑い、バロンの背中を撫でた。

「今朝、バロンを触診させてもらったよ。健康上は何の問題もなさそうだ」

犬の右前肢を持ち上げながら、彼がいった。「相変わらず山を走ってるのか」

静奈はうなずいた。

「それが仕事ですから」

「シェパードにつきものの股関節《こかんせつ》形成不全も見られないし、いい兆候だな。まあ、無理をしない程度に働かせてくれ」

股関節形成不全はジャーマン・シェパードの純血種によく見られる固有の病気だ。個体によって違いはあるが、悪化すると歩行困難になるほど深刻なものとなる。

「今日は七時にここを閉めるから、そのあとでうちで食事をしよう」

静奈が腕時計を見ると、まだ六時前だ。

「曾我野くんを新宿駅まで送って、また戻ってきます」

「妻と家で待っているよ。場所はわかってるな」

静奈はうなずいた。「前に一度、お邪魔しましたから」

3

外に出ると、雨脚がさらに強まっていた。本降りである。

エクストレイルのリアゲートを開け、荷室に入れてあるケージの扉を開けた。「ハウス！」の合図とともに、バロンの大柄な体軀がひょいと跳び上がり、ケージの中に自分から入った。

曾我野が車の中から持ちだした傘を差し掛けてくれていることに気づいた。

「ありがとう。気が利くじゃない」

ニヤリと笑う彼の顔が、街灯の明かりの中で陰影になっている。

リアゲートを閉めて、ふたりは急いで車内に入る。

車を出した。住宅地の中の道路なので、スピードを出さずに徐行気味に抜ける。やがて真正面に見えた十字路の手前でブレーキを踏んだ。

ちょうど目の前をビニール傘を差した小学生ぐらいの少年が通過するところだった。

片手にリードを持って、バロンとよく似た感じのジャーマン・シェパードを連れている。ふたりが車の前をゆきすぎるのを、せわしなくワイパーが往復するフロントガラス越しに見ていた。

「夕刻の散歩ですかね。飼い主はともかく犬が雨に濡れて気の毒だけど」

助手席の曾我野がつぶやいた。

「犬って、意外に濡れることを厭《いや》がらないのよ。ほら、気持ちよさそうにしてるじゃない」

「なるほど。びっしりと密に毛が生えてるからっすかね」

さかんに息づかいが聞こえるので後ろを見ると、ドッグケージの中からバロンが隙間に鼻先を突っ込んでいた。前を通過するシェパードが気になるようだ。

バロンとその犬はよく似ていた。同じ犬種だし、首輪の色も同じような臙脂《えんじ》だ。

「もしかして、あれ、牝《めす》のシェパードだったりして」

「去勢してるんだから、牡《おす》も牝もないわ。人間以上に犬は同じ犬を気にするものよ」

「そんなもんなんすか」

曾我野がいったときだった。

十字路のちょうど真向かいの路地から、車が走ってきた。黒のステップワゴン。飛沫《しぶき》を左右に散らしているので、かなりのスピードだとわかる。

「危ないな、あいつ」と、曾我野がつぶやく。

　ブレーキの音。

　ステップワゴンがウインカーも出さずに十字路を左折した。驚く静奈たちの目の前で、ふいに中央の車線を越えてきたかと思うと、棒立ちになっている雨傘の少年とシェパードの真横に停まりざま、車体側面のスライドドアが開かれた。

　車内から下りてきたのは灰色のツナギを着た二名の人物。おそらくどちらも男だろうが、顔に仮面をかぶっていて人相がわからない。黒髭を生やした白っぽい男の顔のマスクだ。

　雨の中でシェパードが吼《ほ》えた。野太い声。

　驚いたことに、彼らはふたりがかりで、そのシェパードを捕まえようとした。ひとりが首を摑《つか》み、もうひとりが後ろから胴体に手を回した。少年の悲鳴が聞こえた。

「曾我野くん。携帯で一一〇番通報！」

　静奈はオートマ・シフトをPに入れ、サイドブレーキを引きざま、車のエンジンを切ってドアを開き、雨の中に飛び出した。

　濡れたアスファルトを蹴って猛然とダッシュする。

　しかし彼女の目の前で、シェパードはさしたる抵抗もなく黒いステップワゴンの車内に運び込まれた。犬を取り戻すためだろう、少年がそこに飛び込もうとした。すると同じような仮面をかぶった男が助手席のドアを開き、背後から少年の腕を掴んだ。一度は路面に背中から転がされた少年だが、すぐに立ち上がった。

――マック！　マック！

悲鳴に近い声だった。

スライドドアを閉めようとしたステップワゴンの車内に、ふたたび飛び込もうとする。すると男たちは少年の躰を掴むと、今度は中に引きずり込んだ。

スライドドアが内側から乱暴に閉じられる。

駆け寄った静奈が車体に手をかける寸前、ステップワゴンが猛然と走り出した。赤い尾灯が雨の中を遠ざかってゆく。

右の拳が空を切った。悔しまぎれだ。

静奈は振り返る。

濡れた車道に少年が差していたビニール傘が逆さになり、柄《え》を上にして落ちている。

雨に濡れながらそれを見つめ、歯を食いしばった静奈は、とっさに自分のエクストレイルに駆け戻った。運転席に飛び込むと、シートベルトをかける余裕もなく車を出す。ステアリングを回し、黒のステップワゴンが去った道に車を向けた。

助手席の曾我野はまだ通報を続けている。

「——ええ。そうです。杉並区堀ノ内、環七に近い住宅街です。相手は黒いステップワゴン。東に向かって逃走中です。え、俺っすか？」

曾我野が静奈を見た。

「正直に素性を話していいわ」

彼はうなずき、通話を続けた。

「山梨県警南アルプス署地域課の曾我野といいます。あ、いや。公務じゃなく、ちょっとプライベートなことで都内に来ていて、たまたま誘拐を〝現認〟したんです。うちの署に直接、問い合わせてもらってかまいません」

通報を受けたコールセンターの担当警察官は、かなりしつこく詳細を訊いてくるようだ。

一一〇番通報への悪戯《いたずら》が多発するから仕方ないのだろう。

ようやく通話を終えた曾我野が、スマートフォンを仕舞った。

「本署の沢井《さわい》課長に連絡は？」

「あとでいいわ。今はあの子の救出が先決」

そういって手の甲でびしょ濡れの顔を拭った。「ダッシュボードの中にタオルがあるから取ってくれる？」

差し出された青いタオルを受け取り、静奈は片手でステアリングを握ったまま、濡れた髪や顔を素早く拭いて、曾我野にそれを戻した。

「ありがとう」

住宅街の間を抜ける狭い道路が終わり、大きな道に出くわした。突き当たりは公園。一方通行ではないので、左右どちらへでも曲がることができる。

静奈は逡巡《しゅんじゅん》した。

右方向の左車線に大きな水たまりがある。そこが白く泡立っているのが見えた。ウインカーを右に出し、アクセルを踏み込む。エクストレイルのタイヤが悲鳴を上げた。

「警察の対応はどう？」

「すぐに最寄りの所轄から〝PC《パトカー》〟を寄越すそうです」

しかしそうはいっても、とてもではないが間に合わない。ここはやはり、自分たちで何とかするしかなさそうだ。

二車線の都道。雨の中を突いて、さらに車を加速させた。

対向車のドライバーが、異常に飛ばす山梨ナンバーのエクストレイルに驚いている。

助手席の曾我野はまだ通報を続けている。

「——ええ。そうです。杉並区堀ノ内、環七に近い住宅街です。相手は黒いステップワゴン。東に向かって逃走中です。え、俺っすか？」

曾我野が静奈を見た。

「正直に素性を話していいわ」

彼はうなずき、通話を続けた。

「山梨県警南アルプス署地域課の曾我野といいます。あ、いや。公務じゃなく、ちょっとプライベートなことで都内に来ていて、たまたま誘拐を〝現認〟したんです。うちの署に直接、問い合わせてもらってかまいません」

通報を受けたコールセンターの担当警察官は、かなりしつこく詳細を訊いてくるようだ。

一一〇番通報への悪戯《いたずら》が多発するから仕方ないのだろう。

ようやく通話を終えた曾我野が、スマートフォンを仕舞った。

「本署の沢井《さわい》課長に連絡は？」

「あとでいいわ。今はあの子の救出が先決」

そういって手の甲でびしょ濡れの顔を拭った。「ダッシュボードの中にタオルがあるから取ってくれる？」

差し出された青いタオルを受け取り、静奈は片手でステアリングを握ったまま、濡れた髪や顔を素早く拭いて、曾我野にそれを戻した。

「ありがとう」

住宅街の間を抜ける狭い道路が終わり、大きな道に出くわした。突き当たりは公園。一方通行ではないので、左右どちらへでも曲がることができる。

静奈は逡巡《しゅんじゅん》した。

右方向の左車線に大きな水たまりがある。そこが白く泡立っているのが見えた。ウインカーを右に出し、アクセルを踏み込む。エクストレイルのタイヤが悲鳴を上げた。

「警察の対応はどう？」

「すぐに最寄りの所轄から〝ＰＣ《パトカー》〟を寄越すそうです」

しかしそうはいっても、とてもではないが間に合わない。ここはやはり、自分たちで何とかするしかなさそうだ。

二車線の都道。雨の中を突いて、さらに車を加速させた。

対向車のドライバーが、異常に飛ばす山梨ナンバーのエクストレイルに驚いている。

「さっきの髭男の仮面、見た?」

「あれ。たしか……」

「ガイ・フォークスよ」

ステアリングを握ったまま、彼女はいった。「ハッカー集団の〈アノニマス〉の連中が好んで使う仮面」

「まさか?」

「でも、あいつらは〈アノニマス〉じゃないわ。たんなる仮面だけでしょう」

きっぱりと静奈は否定する。

「それにしても、公道で堂々と誘拐するなんて大胆きわまりないですね。子供を拉致してどうしようっていうんでしょうか」

「子供じゃない」静奈はきっぱりといった。「犬をさらったのよ。あの子が抵抗したから、仕方なくいっしょに車に拉致したの」

「え」

曾我野が静奈の横顔をまじまじと見つめる。「もしかして?」

うなずいた。

「さっきニュースでやってたでしょ。シェパードの連続誘拐殺害事件」

「マジっすか」

もしさらわれたのがバロンだったら、自分を抑えきれる自信がない。静奈は曾我野にそういったばかりだった。

後部座席からバロンが吼えた。

前方、数十メートル先。T字路の真ん中で事故が起こっていた。宅配便の四トントラックが斜めに停まっていて、そこにまともにぶつかるように黒いステップワゴンの車体が見えた。赤い尾灯が立ちこめる真っ白な排ガスの中に滲んでいる。

「追いついた」

静奈がいった。アクセルを踏み込んで車を加速させる。

トラックの運転席のドアが開いていて、帽子をかぶった運転手が雨の中に下りていた。黒いステップワゴンのドアを叩《たた》いて抗議しているのが見える。連中は車内から出てこないようだ。子供ひとりと大型犬一頭を拉致しているのだから無理もない。

静奈のエクストレイルが近づくのを見たらしい。ステップワゴンが強引に発進した。ドアハンドルに掴まっていた宅配便の運転手が一瞬、引きずられ、濡れた路面に転んで水飛沫を上げた。宅配便のトラックにふたたび車体をぶつけ、強引に道を空《あ》けさせながら、黒い車が走り出す。

静奈はステアリングを切って、倒れている運転手をたくみに避けながら事故現場を抜けた。

ステップワゴンは五十メートル前方を疾走している。突如、赤信号を無視して左へ折れた。

静奈はなおもアクセルを踏み込み、エクストレイルを加速させる。

「神崎先輩。まさか、こんな街中でカーチェイスを……」

「黙ってて。舌嚙むから」

シフトダウンでエンジンブレーキ。同時にフットブレーキを踏みつけながら、ステアリングを回した。タイヤが濡れた路面で滑る。しかし巧《たく》みに車体を制御しながらスピンを防ぐ。鼻先を四十五度、回転させたエクストレイルが赤信号の交差点の真ん中に滑り込む。

頭上に環状七号線と青い看板が見えていた。

強烈なGがかかり、助手席の曾我野がダッシュボードに両手を突っ張る。

ちょうどそこにやってきたタクシーが派手なクラクションを鳴らしながら蛇行し、エクストレイルを間一髪で避けた。

静奈はかまわずふたたびアクセルを踏み込む。

フロントガラスを叩く雨が激しくなり、ワイパーを強にした。いつしか外が暗くなり、低く垂れ込めた雲からバケツをひっくり返したような激しい雨が降り注いでいる。周囲を走る車が、まるで水上を滑る高速艇のように水飛沫を左右に散らしている。

前方、ステップワゴンの尾灯が近づいてきた。タイヤが白煙を曳《ひ》いている。トラックと衝突したとき、ボディが歪《ゆが》んだのだろう。ふいに大きな音がして、右後部のタイヤホイールが外れて転がりだした。

とっさにそれを避けた静奈が、車をさらに加速させ、ステップワゴンに併走させる。車窓の中に少年の姿。大きく目を見開き、静奈の車を凝視している。あのシェパードらしきシルエットも見えた。

「ぶつけるよ。曾我野くん、摑まって！」

いいざま、静奈はステアリングを回した。激しい衝撃。車体に火花が散った。

もう一度。車体が激しいショックに見舞われる。

静奈が歯を食いしばる。

「十年以上、無事故無違反だったのに！」

今度はステップワゴンのほうから体当たりしてきた。

曾我野が悲鳴を放った。

彼が座る助手席側のサイドウインドウが砕《くだ》け、雨が吹き込んでくる。

「こういうのって車両保険で何とかなりそう？」

「無理です。故意に事故ったら保険が下りるわけないでしょう！」

静奈がステアリングを乱暴に回した。エクストレイルがステップワゴンの側面に激突する。

そのまま、強引に車体を押しつけたまま走る。双方の車体が甲高《かんだか》い金属音を放ちながら、青白い火花を散らす。

その刹那《せつな》。

「先輩。前方——！」

曾我野の声と同時に気づいた。

左の路地から、白いダイハツの軽ワゴン車が強引に本線に入ろうとしていた。ボディに〈大杉《おおすぎ》クリーニング〉と読める。運転席の老人が驚愕した顔でこちらを見ている。

直進すれば、まともに衝突するため、左車線を併走していたステップワゴンが急制動をかけながら、タイヤを鳴らした。

同時に静奈もブレーキペダルを踏みつける。助手席の曾我野が前につんのめった。

その瞬間、エクストレイルが横滑りになって反転し、中央分離帯のフェンスに乗り上げた。その隙に前方へ抜けようとしたステップワゴンも、またタイヤを濡れた路面で滑らせた。

車体が斜めになり、エクストレイルに激しく衝突する。

二台がもつれ合うようにスピンしながら、左の路肩に突っ込み、〈杉並区堀ノ内三丁目〉と書かれた歩道橋の階段の下、白いガードレールをへし折って、歩道に設置された公衆電話ボックスに突っ込むかたちで停まった。

運転席と助手席のエアバッグが同時に膨《ふく》らんで、視界がすっかり覆われた。

「曾我野くん！」

静奈は助手席でシートベルトをかけたまま気絶している彼を揺すり起こした。

顔をしかめ、少しうめいてから、曾我野が意識を取り戻す。

「先輩。顔に血が――」

いわれて指先を頰《ほお》に当てた。赤く濡れている。

右目の下を何かで切ったようだ。ルームミラーに顔を寄せて見ると、三日月形にザックリと切れていた。

「私なら大丈夫」

いいながら、傷口にタオルを押しつけた。

正面と側面から膨らんでいたエアバッグは、すでにしぼんでいた。ハンドルの中央から大きな舌のようにだらんと垂れ下がっている。前方に目をやると、フロントガラスは白濁《はくだく》し、蜘蛛《くも》の巣状にヒビが走り、視界がほとんど利かなかった。折れたワイパーがせわしなげに往復するばかりだ。

「バロン！」

振り向いた。

後部座席のケージから、シェパードの息づかいが聞こえる。バロンが無事なことを確かめて、静奈はホッとした。

隣には黒のステップワゴンが見えた。

真横になって道路を塞《ふさ》ぐようにガードレールを曲げ、電話ボックスをメチャメチャに破壊して停まっている。後部のエキゾーストパイプからはまだ、白い煙が洩れていた。

静奈はとっさに運転席のドアを蹴飛ばすように開き、雨が降りしきる車外に飛び出す。

たちまちずぶ濡れになるが、かまわなかった。

ステップワゴンの後部のスライドドアが大きく開かれている。中を覗くと、後部シートの奥にはまり込むように、少年の姿があった。その向こうに大きなジャーマン・シェパード。仮面をかぶっていた男たちはすでにいなくなっていた。

素早く周囲を見回すが、男たちは影も形もない。歩道には色とりどりの傘が重なり合うように見えていて、大勢の野次馬たちが集まっている。おそらくそれにまぎれて逃げていったのだろう。

静奈は無意識に固めていた拳を解いた。

少年と犬は動物園の檻《おり》に閉じ込められた二匹の生き物のように、少し怯《おび》え、悲しげな目で静奈をじっと見つめていた。

「怪我はない？」

少年がかすかにうなずいた。

シェパードは大きな耳をすっかり伏せて、飼い主の少年の肩に顎を載せたまま、大きな眸《め》で静奈を凝視している。バロンと違って、気の弱い性格なのかもしれない。

「名前は？」

訊いたが少年は答えず、じっと彼女を見ているばかりだ。

静奈は微笑んだ。「大丈夫。これでも警察官なのよ」

少年は目をしばたたき、いった。「新野純也《しんのじゅんや》です」

静奈はうなずく。

「犬はたしか、マックだったわね」

少年がシェパードを見てから、またうなずいた。

「マックとふたり、あいつらにさらわれそうになったことに関して、何か心当たりはない？」

純也と名乗った少年が首を振った。

「奴ら、何かを話してた？」

また、首を振った。

「話してたけど、わからない言葉だったから」

「わからない言葉って、外国語かしら」

純也と名乗った少年がうなずいた。

「先輩。パトカーが来ます」

車外から曾我野の声。

肩越しに振り向くと、交通がすっかり停まった環七通りのずっと先から、サイレンの音が複数、重なり合いながら近づいてきた。

4

夕暮れの街に雨が降りしきっている。

環七の広い道路の路肩よりの車線がひとつ、警察による交通規制で封鎖されていた。現場に停まるパトカーに混じって覆面車輌も何台か見える。三脚がいくつも立てられ、カメラのフラッシュの青白い光が何度も瞬《またた》いていた。白手袋をはめた刑事たちが大勢で〝臨場〟し、実況見分を行っている。

その近くにスバル・レガシィを改造した黒い捜査車輌を停めた。

大柴哲孝《おおしばてつたか》は助手席のドアを開き、おもむろに雨の路上に下り立った。たちまち焦げ茶の革ジャケットが雨に叩かれるが、気にしない。運転席から相棒の真鍋裕之《まなべひろゆき》が出てくる。高級スーツが濡れるのを嫌って、すぐに上からコートを着込んだ。

路肩のガードレールに突っ込んで、電話ボックスを破壊して大破した黒いステップワゴンとワインレッドのエクストレイル。その周辺に阿佐ヶ谷《あさがや》署の鑑識捜査員らに混じって、黄色い腕章をつけた男たちが目立っている。ひと目で機動捜査隊とわかる。

「何だ、機捜に現場を荒らされてるじゃないか」

大柴はいいながら、つかつかと水たまりを踏んで歩く。真鍋が追ってきた。

「行ったらまずいですよ、シバさん。奴ら、いちおう〝本店〟なんですから」

一一〇番通報があったため、本庁の機動捜査隊が真っ先に現場に駆けつけたのかもしれない。

「子供と犬が車に連れ込まれたってんだろう？　誘拐だと決まったわけでもないのに、何で奴らが首を突っ込んでくるんだ」

雨に顔を叩かれながら大柴がつぶやく。真鍋は答えられずに困った顔をしている。

すぐ近く、制服の警察官たちに混じって立つ、同じ阿佐ヶ谷署の刑事組織犯罪対策課の刑事たちの姿を見つけて、大柴は駆け寄った。

「おい、岡田《おかだ》。どうなってるんだ」

刑事のひとり、小柄な中年男が振り返る。スーツの上にビニールの雨具を着込んでいる。

降り注ぐ雨の中で目をしばたたきながら、岡田光昭《みつあき》巡査部長がいった。

「それが……シバさん。どうも、よくわからんのです。あいつらが出張ってきてから、こっちはまったく蚊帳《かや》の外です。おかげでこうして、なすすべもないです」

不機嫌をあらわにして岡田が答える。

「さっき聴いた無線だと〝109〟が関与ってことだったが」

〝109〟とは警察あるいは警察官そのものを示す隠語だ。

「関与じゃなく、事件を〝現認〟して被疑車輛を追跡したそうです。その結果がこれですよ」

そういって岡田はガードレールを突き破っている二台の車を指差す。

「うちか、それとも〝本店〟の〝社員〟か?」

「それがどうも、山梨から来てた連中のようです。南アルプス署の地域課の巡査だとか」

「南アルプス署?」

雨に濡れながらつぶやいた。舌を嚙《か》みそうな名だ。

見れば、たしかにエクストレイルは山梨ナンバーだった。

「そいつらはどこだ」

「機捜の連中が来る前にパトカーに乗せられました。今頃、本署です」

大柴はふうっと息を洩らした。

相棒を見て、いった。「ナベさん。行くぞ」

青梅街道沿いにある阿佐ヶ谷警察署の庁舎に戻った。

街道に面したビル脇のゲートはいつも閉まっているので、裏口から車を入れ、所定のスペースに捜査車輌を停めた。

真鍋とふたり、篠突《しのつ》く雨の中を走って、庁舎に入る。

裏口のドアから中に飛び込むと、濡れきった革ジャケットを脱ぎ、ハンカチで頭や肩を拭きながら、エレベーターで四階まで昇った。

真っ先にロッカールームに飛び込み、それぞれ自分のロッカーからタオルを出した。ハンガーにかけた上着やコートを扉にぶら下げ、頭をゴシゴシと乱暴に拭きながら、四階のメインフロアに戻ってきた。

〈刑事組織犯罪対策課〉とプレートがかかったカウンターの付近に、何人かの制服警察官とワイシャツなどの私服を着た刑事たちがいた。

大柴と真鍋の足音を聞いて、全員が振り返る。

彼は驚いた。

フロアの片隅に、オオカミのように耳が立った焦げ茶の大型犬。それも二頭いる。

一頭は行儀良く停座しているが、もう一頭は興奮したように右へ左へと動き、リードを持っている若い女性警察官が必死になって止めようとしている。二頭とも雨にたたられたせいか、フロアはおびただしく濡れていて、独特の獣臭が立ちこめている。

「何なんだ、そのでかい犬っころは」と、大柴が訊いた。

「暴れているのが、〝マルガイ〟《被害者》の少年といっしょにいた犬です。そっちのおとなしいほうの一頭は、南アルプス署の警察官たちがつれていました。おそらく警察犬だと思われますが」

そういったのは小坂《こさか》という大柄な刑事。半年前に組対課に配属になったばかりだ。

「誘拐事件と犬が関係あるのか」

「いっしょに車に拉致されたそうです」

「子供は？」

「応接ルームで地域課の女性警察官に保護されてます。そろそろ両親が到着するようです」

小坂がパーティションで区切られた応接ルームを指差す。磨《す》りガラスのドアの向こうから、かすかに会話の声が洩れ聞こえていた。

「山梨県警の警察官ってのは？」

「五階の会議室です。ふたりはお客さんですが、いちおう供述をとるということになってます」

「調書を〝巻いて〟いるのは誰だ」

「課長代理です」

「中西《なかにし》さんがわざわざ？」

「何しろ、人手不足なもんで」と、小坂が苦笑いしながらいった。

うなずいた大柴は、ひとりフロアを離れて階段を昇った。

五階に上がり、会議室の扉をそっと開くと、だだっ広い部屋に照明が灯されていた。この会議室はたとえば捜査本部が立ち上げられたときはスクリーンなどが置かれる上座に向かってテーブルが並べられ、また署内での会議などが行われるときはコの字やロの字に並べられたりする。

今は長テーブルがひとつだけだ。刑事組織犯罪対策課の課長代理である中西伍郎《ごろう》警部が入口に背を向けて座り、その向かいに山梨県警のふたりらしい若い男女の姿があった。

「おう。シバさんか」

中西が肩越しに振り向いていった。丸顔で古風な七三分け、年齢は大柴がひとつ上だが、警察学校では同期だ。いちおう上司になるが、おかげで今でも互いにタメ口をきき合う間柄だった。

「うちの課の大柴哲孝巡査部長。こちらのおふたりは南アルプス署地域課の神崎静奈巡査と曾我野誠巡査だ」

中西に紹介されたふたりが立ち上がり、大柴に向かって頭を下げた。

一見、地味な印象の曾我野に比べて、静奈は背丈のある美女で、よく目立っている。右目の下に絆創膏《ばんそうこう》を貼っているのは、事故で受傷したのだろうか。

「あの……」

ふいに静奈が不機嫌な顔でいった。「あんまり、ジロジロ見ないでいただけます？」

大柴は驚き、わざとらしく咳払《せきばら》いをして視線を逸らした。

「ところで他の課員たちは？」

「例の、火事があった本天沼《ほんあまぬま》の動物病院だ」

「今日もまたか？」

「焼け出された現場から獣医師と奥方の遺体が他殺だと判明して以来、毎日だ。何しろ、発見場所が火事で跡形もないからな。証拠探しが大変なんだ」

中西がそういったあと、全員を着席させた。大柴もパイプ椅子のひとつに腰を下ろす。

「山梨から都内に来られたのは警察の空手大会に出場するためだったそうだ」

調書を見ながら中西がいった。「事件を目撃したのは、そのあとだ」

大柴はひょろりとした体型の曾我野を見た。

「ほう。空手をやられるんですか。実は俺も若い頃、剛柔流《ごうじゅう》をちょっとだけかじってまして」

「すみません。空手やってんのは自分ではなく、神崎先輩のほうです」

彼にいわれて驚く。

よくよく見れば、彼女の白い手の甲にはゴッゴッと拳ダコが盛り上がっている。女優かモデルのように鼻筋の通った端整な顔をあらためて見つめてしまった。この美貌とはまるで対照的に無骨な手だった。空手をやる女性は多いが、ここまで拳を鍛える者は少ないはずだ。

静奈とまた目が合ったため、大柴はあわてて視線を逸らした。

「報告を続けていいかな、シバさん」

我に返ってうなずく。

「〝ガイシャ〟の名は新野純也、年齢十歳。地元の杉並南小学校の五年生。自宅近くの杉並区堀ノ内一丁目付近を犬と散歩中、被疑車輛である黒のステップワゴンと遭遇し、犬とともに車内に連れ込まれた。乗っていた男性は三名。揃《そろ》いの仮面をかぶって外国語のような言葉でしゃべっていたということだ。偶然、それを目撃した神崎および曾我野両巡査は被疑車輛を追跡し、堀ノ内三丁目の歩道橋付近で中央分離帯に乗り上げて、双方の車輛が事故を起こした」

調書の紙をテーブルの上に置いて、中西がいった。「神崎巡査の証言によると、被疑者は全員が同じ灰色のツナギを着ていて、揃いの仮面のようなものをかぶっていたため人相は不明だそうだ。神崎巡査の追跡ののち、事故を起こしてから、車内に少年と犬を置き去りにし、群衆に紛《まぎ》れて逃走したと——」

「そのステップワゴンは？」

「今、鑑識が車内を調べているところだが、盗難車だった。事件の四時間ばかり前に渋谷のコインパーキングから盗まれている。調べると車の持ち主から盗難届が出されていた」

大柴はうなずいた。

「〝マル被〟たちは揃いの仮面をかぶっていたということですが、どのような？」

「これです」

そういって曾我野が自分のスマートフォンを差し出した。

Ｇｏｏｇｌｅの検索でヒットしたらしい。液晶画面には、奇妙な男の顔をかたどったマスクが表示されていた。

「ガイ・フォークス仮面っていうそうです」

「見たことがあるな」

それを覗《のぞ》きながら大柴がいう。

「ガイ・フォークスは十七世紀にイギリスの国王を爆殺しようとした革命家、あるいはテロリスト。未然に発覚、逮捕されて刑死したようですが、その象徴として、後世にこの仮面が流布し、最近では有名なハッカー集団の〈アノニマス〉が使うようになりました。おかげでこのデザインが一気に広まって世間に知られるようになったんです」

静奈にいわれたが、大柴にはわけがわからない。

「じゃあ、犯人はそのアノニ何とかという連中なのか」

「関係ないと思います」

静奈がかぶりを振った。「たまたまガイ・フォークスの仮面を使っただけでしょうね」

「たまたま？」

「目立てば何でも良かったんだと思います」

「しかし目立ったら、かえって逆効果じゃないのかね」と、中西。

すると静奈がいった。

「仮面だけじゃなく、彼らは揃いのツナギを着ていました。個性を消して身許《みもと》を明かさないようにするには、揃いの衣服がいいし、派手なデザインの仮面なら、まさにうってつけです。目撃者には外観の印象しか残らない」

大柴は感心した。

この神崎巡査は美人の空手家というだけじゃなく、なかなか頭も切れそうだ。

「そこまで大それた連中が、小さな子供の誘拐とはな」

中西が鼻息を洩らし、いった。

「子供じゃなく狙われたのは犬です」

「何だと？」

中西が、そして大柴も静奈を見つめた。彼女はいった。

「先に車に連れ込まれたのは純也くんが散歩させていたジャーマン・シェパードでした。それを取り戻そうとして暴れたから、奴らは仕方なく純也くんも車内に連れ込んだんです」

「たしかなのか」

大柴を見て、彼女がはっきりとうなずいた。

四階の刑事組織犯罪対策課のフロアに静奈たちが下りてくると、まだ騒動が続いていた。

曾我野が棒立ちになる。いっしょにやってきた大柴も同様だ。

制服姿の女性警察官が、暴れるシェパードを必死にリードで抑えていた。他にも制服姿の警察官や私服刑事たちが周囲をとりまいているが、なすすべもないようだ。

「あの犬は何であんなに興奮してるんすか」と、曾我野。

「無理やり誘拐されかかったことをわかってるのよ。シェパードは頭がいいからね。しかもこんな知らない場所に連れてこられたあげく、飼い主と強引に離されてしまったし」

静奈がそう答えた。

「あの子は?」

「そこの応接ルームで事情聴取の最中だ。さっき、両親もやってきたらしい」と、大柴。

応接ルームのパーティションの扉が開かれる気配はない。その扉のすぐ近く、バロンがおとなしく伏臥《ふくが》して、のんきそうに濡れた背中の被毛をしきりに舐めている。

静奈を見つけるとおもむろに立ち上がった。

彼女はそこに行ってバロンの太い首に手を回し、耳の後ろを撫でてやる。

「グッド！　いい子だったね」

鳶色《とびいろ》の大きな眸でバロンは静奈を見ていたが、ふいにまた騒ぎを聞きつけ、両耳を立てた。

少年の飼い犬であるマック。バロンに負けず劣らず大きな牡のシェパードが、中年の女性警察官を逆に引っ張り回していた。彼女は悲鳴を上げ、たたらを踏んだ。取り押さえようとしているうちに、机の角に膝《ひざ》をぶつけたようだ。

「ステイ」

静奈はバロンをふたたび伏臥させ、急いでそこに向かった。

「そのリード、お借りできますか」

その声に女性警察官が振り返った。化粧の薄い地味な顔に汗を浮かべていた。彼女がリアクションする前に、静奈は素早くリードをとった。

「ちょっと――！」

彼女にいわれたが、無視した。

半身立ちになり、下腹部に少しだけ力を込める。

右に左に暴れていたシェパードが、ピタリと動きを止めた。驚いた顔で静奈を見つめる。鳶色の眸が見開かれている。

代わりにリードをとった彼女に何かを感じ取ったのだ。

「いい子だよ、マック」

優しく声をかけたが、すぐには近寄らない。

犬と目を合わせないようにしながら、シェパードの興奮が少しずつ引いていくのを待つ。リードを無理に引っ張らないように、なおかつ自由に暴れさせないように適度にゆるめては、たぐる。そうしているうちにシェパードのマックが少しずつおとなしくなってきた。

顔の表情から緊張の色が消えていた。

「マック。そのまま……いい子ね」

優しく声をかけ、静奈は少しだけ近づいた。

マックは両耳を立てて、彼女を見つめている。大きな長い舌が口角から垂れている。その下の床に涎《よだれ》がたくさん落ちていた。

「大丈夫だよ」

さらに近づいた。

フロアに膝を突き、ゆっくりと片手を伸ばす。上からではなく、下から。マックの濡れた顎下に指先をそっと当てて、少し撫でた。マックは大きな眸でなおも静奈を見つめている。

静奈はうなずいた。

シェパードの顎下の被毛をそっとさすった。何度か続けてから、耳の後ろを撫でた。

ふいにマックが大きな尻尾を振った。険しかった表情も穏やかになっている。

周囲からかすかにどよめきが聞こえた。

「驚いたな。まるで魔法みたいだ」

大柴がつぶやく声がした。「南アルプス署の警察官は犬の躾《しつけ》までやれるのか？」

「われわれはただの警察官じゃないんです。山岳救助隊も兼ねてます」

曾我野が答えた。「ご存じかもしれませんが、うちの救助隊は日本で最初に山岳救助犬を導入しました。で、神崎巡査はあのバロンという救助犬のハンドラーなんです」

「あんたのその犬、警察犬かと思ったが、山岳救助犬だったのか」

その瞬間、マックが激しく胴震いをした。濡れた被毛から大量の水飛沫が飛んだ。

静奈は目を閉じながら顔を背《そむ》ける。

ゆっくりと目を開くと、後ろにいたバロンと目が合った。

ふいにバロンが口角を吊り上げた。人間がニヤリと笑うときの顔そのままだ。

そのとき、パーティションの扉が開かれた。新野純也が出てきた。

いっしょにいるのは両親だろう。白のワイシャツにネクタイをゆるめた男性と、水色のドレス姿の女性。どちらもまだ若かった。

マックが尻尾を大きく振り始めた。表情がまるで違って明るくなっている。

最後に中年の女性警察官が出入口から姿を現した。髪が短く、小太りの体型だ。

「うちの地域課の篠塚《しのづか》だ」

「篠塚淳子《じゅんこ》です」

大柴に紹介され、彼女が名乗った。マックのリードを引っ張っていた若い女性警察官と違って、さすがに落ち着いた雰囲気だ。

「南アルプス署の神崎静奈です。こちらは曾我野誠」

「純也くんはもう大丈夫です。ご両親に会えたおかげでだいぶ落ち着きました」

静奈はうなずいた。

「マック！」

純也が声を放ち、シェパードに駆け寄った。首にしがみついた。

マックがまた大きく尻尾を振った。長い舌で少年の頬や額を舐《な》めている。

微笑みながら見た静奈は、両親に目を戻した。

「このたびは本当にお世話になりました」

父親が頭を下げ、母親もそれにならった。

静奈もお辞儀を返した。

「篠塚さん。純也くんと話して、何か、わかりましたか」

彼女はかぶりを振った。

「純也くんもご両親も、誘拐に関してまるで心当たりがないそうです。となると、無作為というか、突発的に身代金目当てか、あるいは他の理由で狙われたとみるべきなのかもしれませんが」

「さっきも申し上げたんですが、さらわれたのは犬のほうです」

きっぱりと静奈がいった。

「どういうことです？」と、篠塚が意外な顔をする。

「その件で調べたいことがあるんです」

そういった静奈は篠塚から、近くに立つ大柴に目を移した。

一連の犬の誘拐殺害事件は、三日前から始まった。

杉並区荻窪二丁目のある家から、十年近く飼われていた牡のジャーマン・シェパードが、家族が留守の間に姿を消した。最初、家族はシェパードが勝手に逃げ出したと思ったらしい。

同日の夕刻、近くの公園の茂みに放置されていたシェパードの死体が見つかった。それが〝ゴロー〟と名付けられた当の犬だと判明し、家族から被害届が出された。警察が動き出したのは、犬の死因が背中を深くえぐるほどの刺し傷による失血であったためだ。明らかに何者かによって意図的に殺された痕跡があった。

翌日、今度は善福寺公園近くで牝のシェパードがいなくなり、公団住宅のゴミ置き場に放置された死体が発見された。やはり背中を切り裂かれていたという。そのシェパードもやはり屋内で飼われていた。当時も家族が留守をして、犬だけが家の中で待っていたらしい。家族が戻ると忽然といなくなっていたという。

それから、立て続けに三頭。

三日間で五頭の犬がさらわれ、殺された。それもシェパードばかりだ。

このことは世間を騒がし、ニュースやワイドショーでもさかんに取り上げられていた。区内の犬の飼い主たちは戦々《せんせん》兢々《きょうきょう》としているらしい。

新野純也は両親とともにマックをつれて堀ノ内の自宅に戻った。念のために阿佐ヶ谷署の署員が交代で付近を警戒、重点的にパトロールをするという。

刑事組織犯罪対策課フロアの一角で、神崎静奈はソファに座り、署員から借りた新聞や週刊誌などで事件のことを調べていた。隣に大柴が座り、興味深そうに静奈の話を聞きながら、週刊誌のページをめくっている。

ドアを開いて曾我野誠がやってきた。

外の通路で、携帯電話を使って南アルプス署の沢井地域課長に報告をしていたのだった。

「沢井さんはなんて?」

「公務として認めるそうです。ただし、深入りしないこと。阿佐ヶ谷署に情報提供したら、早急に戻ってくるようにとの指示でした」

報告しながら、彼は静奈の隣に腰を下ろした。

低いテーブルの上に重ねられた週刊誌のひとつを手に取り、パラパラとページをめくる。

「こうして見るかぎり、よくある地域限定のゴシップに過ぎないように思えるなあ」

大柴は疲れているのか、掌《てのひら》で目をゴシゴシと擦《こす》った。

「純也くんとマックをさらった連中が、この一連の事件に関わっているという確証はないんですが、仮にもしそうだとすると、かなり組織的な犯行ということになります」

「愉快犯だとか変質者の犯行ではないと？」

大柴を見て、静奈がうなずく。

「彼らには犬をさらい、殺す、何らかの理由があります」

それから傍らに座るバロンを見つめた。「それもシェパードばかりを……」

「シェパードということの他に、殺された犬たちに何か共通点は？」と、曾我野。

「同じ杉並区内で飼われていたというぐらいだな」

大柴がいってから、口を結んだ。

「あの男たち……」

静奈がつぶやいて、全員が彼女を見た。

「動きにムダがなかった」

「どういうことだ」

大柴が顎の無精髭を撫でながら訊いた。

「訓練を受けた連中みたい。たとえば軍隊とか」

「どこの軍隊が犬なんかさらうんだ」

「目的は犬じゃないかもしれない」

「犬をさらっておいて、犬が目的じゃないってか？」

「それを考えているところです」

静奈の顔から目を離すと、腕組みをして、大柴はソファの背もたれに身を預けた。

5

荻窪駅近く。天沼の住宅地の中にある渋瀬の家のリビングで、軒を打つ雨音を聞きながら、静奈はソファに座っていた。

愛車のエクストレイルは走行不能なほどに壊れてしまっていたので、レッカー車で阿佐ヶ谷署の駐車場まで運んでもらった。静奈たちは大柴の車で送ってもらい、ここまで来たのだった。

その日のうちに電車で山梨に戻るはずだった曾我野も、けっきょく渋瀬の家で厄介《やっかい》になることになり、隣のソファに座っている。

ふたりの足許のカーペットの上にはバロンがいて、そろえた前肢に顎を載せている。あれだけびしょ濡れになっていたバロンだが、今はほとんど被毛が乾いている。犬の体温は三十八度台。人間の基礎体温よりかなり高い。

テーブルを挟んだ向かいのソファに座ったガウン姿の渋瀬が、腕組みをしたまま、しばし俯いていた。隣に青のトレーナーを着た妻の寛子《ひろこ》が座っている。

テーブルの上には大きな灰皿があり、渋瀬が吸いかけている煙草《たばこ》が縁《ふち》に横たえられていた。

居間の壁際にテレビが映っている。

ニュース番組だったが、音を完全に消しているので、雨音しか聞こえない。

寛子が、静奈の右目の下の負傷に気づいた。

「その傷、意外に深そうね」

静奈は気づいて、顔に手をやった。

たしか警察署で絆創膏を貼ったはずだが、いつの間にか取れている。

寛子は別の部屋から救急箱を持ってきた。蓋《ふた》を開き、てきぱきとした様子で薬などを取り出す。

「血は止まってるけど、放置したら痕《あと》が残るわよ」

渋瀬の妻は獣医師の夫の助手も務めるので、馴《な》れた手つきだ。静奈の前に座ると、滅菌ガーゼをピンセットでつまみ出した。傷口周辺の汚れを軽く拭き取ってから、白色ワセリンをその上から塗り、被覆材であるパッドをそっと貼り付けた。

その間、静奈は借りてきた猫みたいにおとなしくしていた。

「ありがとうございます」

「いいのよ」

優しく笑みを見せた寛子は、蓋を閉めた救急箱を仕舞いに行くと、その足で対面式のキッチンカウンターの向こうに入り、料理などを運ぶ用意を始めた。

「曾我野くんも手伝って」

静奈にいわれ、彼はあわてて立ち上がって寛子のところへ行った。

肉料理や野菜など。酒はビールや洋酒がテーブルに運ばれる。

「私たちのためにこんな時間まで待たせてしまって」

壁の時計を見上げながら静奈がいう。

時刻は九時を過ぎている。しかし、渋瀬夫妻は自宅で待っていてくれた。

「まあ、いいじゃないか。おかげでめったにない君の武勇伝も聞かせてもらった」

笑いながらビール罎《びん》をとった渋瀬が静奈と曾我野のグラスに注いだ。すかさず曾我野が別の罎を取って、渋瀬と寛子にビールを注ぐ。四人で乾杯をしてから、食事となった。

バロンは訓練を受けた犬なので、人間たちが食事をしていてもねだりにくることはしない。

ときおり大きな口を開け、牙《きば》を見せながら欠伸《あくび》をしている。

「——で、いったいそいつらの目的は何だと思う?」

口の周りについた白い泡をハンカチで拭いながら渋瀬がいった。

「シェパードばかりをさらっては殺す。それも同じ杉並区内で頻発している」

静奈は豪華な食事に箸《はし》をつけながらいった。「いったい何が目的なのかしら」

「杉並区内か……」

静奈のコップにビールを注ぎながら渋瀬がつぶやく。

「さらわれて殺されたシェパードは、それぞれ背中を切り裂かれていたそうです」

「殺すなら心臓や首といった場所が手っ取り早いのにな」

渋瀬が目を細めた。かすかに眉間《みけん》に皺《しわ》を刻む。

「マイクロチップかも」

ハッと目を見開き、静奈は隣に座る曾我野の顔を見つめた。

「個体識別のために犬の躰に埋め込む、あれ？」

「それはあり得る」

煙草をくわえながら、渋瀬がいった。

身をかがめて、カーペットの上に伏臥するバロンの背中を指差す。

「背中というか、場所はここだ。ふつうは犬の肩胛骨《けんこうこつ》の間付近に埋め込む」

いい終えてからライターで火を点けた。紫煙が天井に立ち昇ってゆく。

「じゃあ、犬をさらっては、マイクロチップを取り出すために背中を切り裂いて殺したというの？」

静奈を見て渋瀬がうなずいた。

「だけどあれって、たしかリーダーか何かでそれぞれの犬に関するデーターを読み取るだけだよね。どうしてそんなものが必要なのかしら。だいいち、なぜ犬の体内から、いちいちマイクロチップを取り出す必要があるの？」

そういった静奈の前で、渋瀬はふうっと息を洩らし、くわえ煙草のまま、また腕組みをした。

「マイクロチップ自体はＩＣやコンデンサ、電極コイルで構成された電子器具に過ぎない。リーダーを近づけると十五桁の数字が読み取れるだけのことだ」

「わかった！」

曾我野が手を打った。「その数字に何かの暗号が隠されているとか」

「何だかチャチなスパイ小説みたいね」

静奈に笑われて曾我野がむくれた。

「マイクロチップの収集癖があるマニアの犯行ってのも無理があるし、そもそもシェパードばかりをさらって殺す理由がわからないわ。それにどうして同じ杉並区の中で複数の犬を殺す必要があるのかしら」

寛子がそういった。

静奈がふと気づいた。

「もしかすると、かかりつけの獣医師が共通しているんじゃないかな。同じ動物病院でマイクロチップの移植を受けた犬だとか」

「まさか渋瀬さんのところじゃないっすよね」

曾我野の声に彼が笑う。

「だったら、いやでもそれとわかるよ。外来のペットの顔も名前も、どれもよく知ってる。獣医師なら当たり前のことだ。しかしこの杉並区内には四十以上の動物病院がある」

「四十以上……」

静奈が溜息《ためいき》をついた。

「まあ、被害に遭った飼い主ひとりひとりにあたれば、いやでも真偽はわかるだろう。しかし、もし同じ獣医師にかかっていたとして、だからどうだっていうんだ？」

「その獣医さんへの恨みを持った誰かの嫌がらせみたいな犯行だとか」

「でも、曾我野くん。そんな根暗な動機を持った連中には見えなかったな」

静奈はそういい、あのマスクをかぶった男たちのことを思い出した。

少し笑みを洩らし、渋瀬にいった。

「でも、おかげさまで何となく見えてきたような気がします。犬たちの殺され方からすると、マイクロチップという線はかなりあり得ます」

ちょうど彼らの目の前でテレビのニュース番組が、杉並区で起こった動物病院の火災について報道していた。

静奈たちも、阿佐ヶ谷署でその事件のことを中西課長代理から聞いたばかりだった。

火事は四日前だったが、現場から発見された獣医師と妻の焼死体について、警察の検分の結果、他殺と判明したという。阿佐ヶ谷署は殺人と放火に切り替えて捜査を開始したらしい。

殺害されたのは〈二宮動物病院《にのみや》〉の院長である二宮勝《まさる》。そして妻の美代子《みよこ》。ふたりとも、鋭利な刃物で心臓をひと突きにされていたようだ。

「今朝から何度もやってるニュースだ」と、渋瀬。

「同じ杉並区ですし、渋瀬さんはご存じなんですか？」

静奈に訊かれ、彼は首を振った。

吸い終えた煙草を灰皿の中で揉《も》み消した。

「われわれの世界では、意外に横の繋《つな》がりは少ないんだよ。飼い主がセカンドオピニオンとしてペットを連れてくることがあるから、いろいろと噂は耳に入るがね」

「でも……これって気になりますね。シェパードの誘拐と関係あるかもしれない」

曾我野が腕組みをしながらいう。「大柴さんに訊ねてみたらどうです？」

「明日、阿佐ヶ谷署に連絡をしてみるわ」

「明日って……お前ら、南アルプスへは戻らんのか」

渋瀬にうなずき、静奈が笑う。

「こんな興味深い事件、めったに遭遇しないから。もうちょっとだけつきあってみます」

「先輩。電話で課長代理が深入りしないようにって……」

「もう少しだけ」

「だったら俺もいっしょにいていいっすか」

曾我野を見てうなずく。「勝手にして。ただし、危険回避は自己責任」

「諒解《りょうかい》っす」

「おいおい。お前ら、冗談じゃなく気をつけろよ。相手が何者かまだわからんのだから」

渋瀬に釘を刺され、静奈は微笑む。

「大丈夫。こう見えても、いざとなったら逃げ足は速いんです」

そして足許で平和そうに丸くなって眠っているバロンを見下ろした。

6

翌日。六月二十八日、午前八時——。

杉並区阿佐ヶ谷を南北に突っ切る中杉《なかすぎ》通りは比較的、空いていた。時速五十キロを維持しながら、真鍋がレガシィを走らせている。

隣の助手席で大柴は腕組みをしていた。

相変わらず鉛色《なまりいろ》に低く垂れ込めた雲。大粒の雨がフロントガラスを叩く。エアコンを軽く効かせているが、うんざりするほどの湿気である。

少し伸びをし、頭の後ろで両手の指を組んだ。

車窓に当たる雨粒を見つめる。さんざん空梅雨といわれたが、やっぱり梅雨は梅雨だなと彼は思った。

「いいんですか。本チャンの職務を離れて、こんなところに」

「デスクワークばかりだ。たまには外出して気晴らししたいんだよ」

「あの神崎静奈って娘に依頼されたからでしょ」

大柴は口をつぐんだ。

「彼女、いったい何者なんですか」

「俺たちと同じ警察官だよ。管轄《かんかつ》違いだがな」

「それだけじゃないでしょう」

「ああ」大柴は苦笑した。「聞けば、空手の達人で、しかも山岳救助隊員だという。それがアクション映画顔負けのカーチェイスを都内でやらかし、物騒な犯人グループ相手に単身で戦う。えらいトラブルに巻き込まれたってのに、顔色ひとつ変えやしねえ」

「迷惑な話ですよね」

「ああ、迷惑そのものだ」

「でも、シバさんはまんざらでもないんでしょ」

少しむくれた大柴を、真鍋がちらっと見た。

「ナベさんよ。いきなり何をいいだすかと思えば」

わざとらしく咳払いをし、彼はサイドウインドウの外を流れる景色を見た。

さっきから神崎静奈のことを考えている自分に気づいて、そっと忍び笑いを洩らす。

十三年いっしょにいた妻との関係がぎくしゃくし、離婚を切り出されたのは半年前のことだ。ろくに家にも帰れず、たまに戻ってもただ眠り、起きても布団の中でゴロゴロしているだけ。そんな夫に愛想を尽かすのも無理はない。

が、大柴は拒否することもできず、仕事の多忙をいいわけに離婚届への捺印《なついん》を先延ばしにした。

別居状態となった妻は、弁護士を立てるといいだし、大柴はかなり精神的にまいっていた。

女なんてもううんざりだと周囲にいきまいてはいたが、なぜか、どうしても神崎静奈の面影が脳裡《のうり》から消えない。

「考えてみたら、ああいう警察官って見たことがなかったな」

「ああいうってどういう意味です」

「やることなすこと無茶なんだが、どこか自信や信念みたいなものがある」

「まあたしかに」

「俺たちの仕事は地味すぎるんだよ。靴底をすり減らして歩き回り、あるいは署にこもって書類仕事。ときには家に帰れず、風呂にも入れず、同じ服を着た切り雀《すずめ》で徹夜続き。そうやって事件を解決しても、肝心の手柄は〝本店〟のエリートたちがかっさらっていってしまう」

「しょせんは所轄ですからね」

「こんなしみったれた世界じゃ、ああいった特異なキャラクターは生まれてきようがない。というか、むしろ個性を殺されて、表情すらも乏《とぼ》しくなってる気がする」

「いつだったか、姪《めい》っ子にもいわれましたよ。近頃、交番に立っているお巡りさんたちがみんな無表情になって、まるでロボットみたいだって。警察っていう巨大な組織の歯車になりきって働くうちに、いやでもそうなってしまうんでしょうかね」

「何だか、羨《うらや》ましい気がしたんだよ。個性を思い切り前に出せる生き方みたいなものがさ」

「地方の小さな警察署の地域課の警察官だからでしょうかね」

「いや、そうじゃないな」しばし考えてから、大柴はいった。「あいつはただのオマワリじゃねえ」

「山岳救助隊だから？」

大柴はうなずいた。

「それもあるだろうが、それだけじゃないな、きっと」


中杉通りから左の路地に入った。狭い商店街を突っ切る道路をのろのろ運転で通り過ぎ、やがて東に折れた。

十字路をまた抜けた先に、現場が見えてきた。

そこは角地にある二階建ての一軒家だった。火災現場はそのままの姿で残されていた。

真鍋は狭い道路の路肩に車を寄せ、ハザードを点灯させて停車した。

ふたりは車窓越しに焼けた動物病院を見る。それは雨に打たれながら、無残な姿をさらし続けていた。家屋の窓という窓は真っ黒に煤《すす》けていて、ところどころ、壁も落ちて柱が剝《む》き出しになっている。二階の壁に取り付けられた〈二宮動物病院〉の縦長の看板も、半分から下が破れて落ちている。

「ところで、この事件《ヤマ》の担当は三宅《みやけ》さんでしょ。いきなり来ちゃったけど、いいんですか」

ステアリングに片手を置いたまま、真鍋がいった。

「ちょっと覗かせてもらうだけだ」

そういって大柴がドアを開ける。たちまち雨の飛沫が車内に入り、ムッとした湿気がふたりを包み込んだ。

後部座席のドアを開き、そこに置いていたビニール傘を取り出して開く。

真鍋も運転席から下りてそれに倣《なら》った。

雨が傘を打つ音を聞きながら、大柴は焼けた動物病院をじっと見つめた。

火が出たのは深夜ということだった。発見者は隣家の住人で、焦げ臭いにおいがして起きたところ、窓越しに隣家の火事を見つけたらしい。

一軒家とはいえ、こんな住宅地の真ん中での火災であるがゆえに、かなりの大騒ぎになっただろうことは想像できる。さいわい迅速《じんそく》な消火が功を奏して延焼などはなかったようだが、家屋が燃えた熱気のためか、隣の敷地に植えられた低木がすっかり茶色に枯れてしまっている。隣家のブロック塀にも煤けた痕が露骨に残っていた。

近づいてみると、まだ焦げ臭さが残っていた。すえたようなヤニの臭いもある。

立入禁止の札がついたロープが渡されている。そこを跨《また》いで、ふたりは屋内に入った。動物病院の診察室は焼け焦げた器具などがあちこちに転がり、足の踏み場もない。

上を見ると、二階の床の一部が焼け落ちていて、屋根に開いた無数の孔から、雨が滴《しずく》となって屋内に降り注いでいる。

あちこちの壁も壊れているが、それは火災による被害ではなく、おそらく消火のために突き壊されたのだろう。消防士は消火後も小さな火種も残さないように、隙間がある場所には徹底的に放水するらしい。

左手にある受付カウンターの全面が黒く焼け焦げていた。その向こう、事務机の上にある樹脂と金属の塊は、どうやらノートパソコンの残骸《ざんがい》のようだ。カウンターの脇を見ると、〈ペットホテル料金〉と書かれたプラスチックのプレートが溶けて曲がったまま、壁に引っかかっている。

「ここで預かっていた犬猫もみんな死んだんだろうな」

「むごいことですね」

診察室から奥に入ると、そこは住居空間になっていた。

広い居間と台所。いずれも破れた窓から雨が吹き込んで、いろいろなものが焼け焦げた床がおびただしく濡れている。

「獣医師の二宮と奥方の美代子が殺されたという寝室はきっと二階だろう」

ハンカチで鼻と口を覆いながら、大柴がいった。

「行ってみますか」

「いや、これでは無理だ」

その場に立って大柴は二階をじっと見上げた。

狭い通路の途中に、二階への階段があった。が、真っ黒に炭化していて、ところどころ踏み板が外れて落ちている。とてもではないが、そこを伝って昇ることはできそうにない。消火後に現場検証の消防士が上がって、寝室で夫妻の焼死体を見つけたらしいが、現場の状況を想像するしかなかった。

「遺体は消火後に消防士によって発見されたそうだな」

「たしかそのように聞いています」

大柴は顎の剃《そ》り跡を撫でながら、しばし考えた。

「最初は司法検視ではなく行政検視だった」

「犯罪に起因する死亡と予測されなかったからでしょうね」

だが、寝室に荒らされた形跡があるなど、不審なところがあって切り替えられた。

案の定、刃物による刺し傷があった。それからすぐに事件は殺人と放火に切り替えられ、大勢の捜査員が投入されることになった。

「シェパードが次々とさらわれて殺害された事件と、この火事とふたりの殺害とが、やはり何か関係あると思えてくるな」

「誘拐されて殺害されたシェパードたちが、みんなこの動物病院にかかっていたとか?」

「何だかそんな気がしてきたよ」

「マイクロチップ説が本当だとして、そもそも誘拐殺害事件の犯人グループは、マイクロチップを埋めた犬のリストみたいなものをどうやって手に入れたんでしょうね」

「病院の情報を盗むしかないはずだ。この病院が一連の事件に関わっているとしたら、少なくともここが火事になる前にそれは盗まれたはずだ」

「あるいは、火災と同時に?」

大柴は真鍋の顔を見て、小さくうなずいた。

事務机に置かれたノートパソコンは黒焦げになって溶けていた。ハードディスクなどのデータも取り出しは不可能だ。

ふいに二階の床の間から煤混じりの水が落ちてきて、隣に立つ真鍋の額にしたたった。あわててハンカチでそれを拭ってから、彼がいった。

「もう、出ませんか。気味が悪いし、だいいち、いつまでここにいても何もつかめませんよ」

大柴はうなずき、ふたたび診察室に向かった。フロアのあちこちに散乱した焦げたガラクタを避けながら出入口に向かった。診察室の中をまたひと通り見渡してから、外に出た。

大柴は入口の傍《そば》に立てかけていた傘を取り、差した。

そのとき、彼らのレガシィの向こうに一台の黒い車が停まっているのに気づいた。

車種はアウディ。車体は黒。

ガラスがスモークになっていて車内は見えないが、ハザードランプが点滅し、エキゾーストパイプから白い排気が洩れている。

「警察の車輛ですね。うちの署でしょうか」と、真鍋。

「おそらく違うな。悪いが、車で待っていてくれ」

そういうと大柴は足早に歩き出した。

彼がアウディの傍に立つと、助手席の窓が少し下りた。スモークガラスの隙間から、陰気な男の顔の上半分が覗いている。

長身で白髪頭、五十ぐらいの男性。

運転席と後部座席には何名かがいるのだろう。スモークガラスの向こうから、複数の強烈な視線を感じた。

「あんたら、〝ハム〟だな」

公安を意味する警察の隠語だ。だが、白髪頭の男は大柴の質問を無視した。

「所轄がこんなところをうろうろして、困るんだよ」

大柴は口許を歪めて笑った。「あんたらがいるってことは、特殊な事件だということだ」

「よけいな詮索《せんさく》はしないほうがいい」

白髪の男はわざと目を合わせずにいった。

「たんなる犬の連続殺害事件なんてレベルの話じゃなさそうだ。いったい何が起こってるんだ？」

答えはなく、助手席のサイドウインドウがピタリと閉じた。

アウディがゆっくりと走り出し、赤い尾灯を見せながら遠ざかってゆく。

大柴は傘を差したまま、それを黙って見送った。

そのとき、ポケットの中でスマートフォンが震えた。

7

大柴に連絡したところ、新野純也は学校を休んで自宅にいるとのことだった。事件の翌日だし、まだショックから立ち直っていないらしい。

昨夜、渋瀬と話し合ったことを静奈が伝えたあと、大柴はあの火災現場に出向いてくれた。とくに何も発見できなかったようだが、公安らしい捜査車輌が現場に張り込んでいたという。

静奈にはそのことが気になった。

純也の家に立ち寄る旨《むね》を伝え、これから同行できないかと訊くと、大柴は渋々といった口調で同意してきた。静奈が勝手に動くことが気にくわないのだろう。刑事という連中は自分の縄張りを他の警察官に荒らされるときめんにこうなる。

現地で合流する時間を決めてから電話を切った。

当面、足がないため、渋瀬のセカンドカーを借りることになった。車種はトヨタFJクルーザー。ボディカラーはオレンジ。SUVとしてはかなり大型になる。シェパードのバロンを後部シートに乗せても、車内は余裕だ。

渋瀬は朝いちばんで病院に向かっていたので、彼らは寛子夫人に見送られ、出発した。静奈は洗濯して乾燥機にかけたばかりのマウジーのジーンズにアンダーアーマーのスウェット、青いキャップを目深《まぶか》にかぶっている。曾我野は昨日と同じデニムの上下だ。

雨はまだしつこく降り続いていた。今朝も鉛色の空に雨雲が低く垂れ込めている。車窓を左右に往復しながらワイパーが霧雨を拭っている。

到着が早まりそうだったので、途中のファミリーレストランに車を入れ、曾我野とコーヒーを飲みながら時間をつぶし、午前十時に堀ノ内一丁目の純也の家に到着した。大柴はまだ来ていなかった。仕方なく静奈はバロンを車内に残し、曾我野とFJを下りた。雨に濡れながら、〈新野〉と表札がかかった門を抜けて、狭い中庭に入った。チャイムを押そうと指を伸ばすと、屋内にトントンと足音が聞こえ、ふいに玄関のドアが開いた。

顔を覗かせたのは純也だった。家の奥のほうから野太い犬の声がする。マックだろう。

純也は静奈たちに向かって頭を下げた。

「昨日はありがとうございました」と、うって変わって礼儀正しい。

「あら。思ったより元気そうじゃない」

すると静奈の前で、彼は少し昏《くら》い顔になる。

「ぼくはいいんですが、母がちょっと……」

「え。そうなの？」

ゆうべの事件で精神的打撃を受けたのは、どうやら純也の母親のほうらしい。

「今日はね、マックのことについて質問があったから来てみたの」

そういってから、静奈は本題に入った。「マックの躰《からだ》にマイクロチップを埋め込んでる？」

純也はうなずいた。

「たしか少し前に、父が獣医さんのところに連れて行って、入れたはずです」

「それはどこの動物病院かしら」

「たしか、阿佐ヶ谷駅の近くにあるって父がいってましたけど」

やはり火災と殺人事件があった病院かもしれない。

「病院の名前はわかる？」

純也が首を振った。

そのとき、また犬の声がした。

マックではなかった。咆哮《ほうこう》は家の外からだ。静奈と曾我野が振り向く。道端に駐車したFJの中で、バロンがさかんに吼えている。前肢《まえあし》を助手席のドアにかけて、サイドウインドウを必死にひっかいている。

「どうしたんですかね」

曾我野がつぶやいた。静奈はハッと気づいた。

バロンの吼え方。

彼は何か、危険を知らせようとしている。

視線を移した。道路の先、そこから白い車がゆっくりと近づいてくるのが見えた。

ハイエースだった。ナンバーには品川《しながわ》と読めた。「4」が三つならび、暗記しやすいナンバーだった。そのフロントガラスの中を見て、静奈は驚く。

あのガイ・フォークスの仮面がふたつ、運転席と助手席に並んでいた。

「曾我野くん。この子を家の中に入れて、すぐに一一〇番通報——!」

振り返りざま、大声で叫んだ。

とっさに曾我野が純也の手を摑み、家の中に戻した。

静奈は向き直るや、雨の中を走った。アスファルトの路上、靴底に弾かれ、水飛沫が派手に飛び散る。ハイエースがさらに接近してきた。向こうは静奈の姿を捉えているはずだ。

奴ら、何を企んでいる——？

「先輩！」

背後から曾我野が叫んだ。

立ち止まって見ると、ＦＪの助手席からバロンが飛び出したところだった。

車の内側のドアノブに前肢をかけ、自分で開いたらしい。住宅地の道路の真ん中で、大きな体軀《たいく》を前後に揺すり、接近してくるハイエースに向かって激しく吼え始めた。

エンジン音が変調した。ハイエースが加速したからだ。まっすぐ向かってくる。静奈ではなく、バロンを狙っているように見えた。

静奈は緊張した。

車がさらに急接近してきた。タイヤが路面の水たまりを散らしている。ガラス越しに左右に並んで見えるガイ・フォークスの仮面。目を細めてほくそ笑む、不気味な笑顔だ。

静奈はとっさにダッシュした。

バロンが吼えるのをやめ、振り返った。その首を両手で抱えて静奈はバロンの躰を路上に押し倒した。濡れたアスファルトに倒れ込むふたりをかすめるように、ハイエースが走り抜けた。雨混じりの風が静奈のポニーテイルの髪を激しく躍らせる。

ハイエースに急制動がかかった。

路面の泥水を散らしながらタイヤを滑らせ、尻を振って車体を斜めにして停車した。

ドアが大きく開かれ、仮面をかぶった男が三人、雨の中に飛び出してきた。前、見たときと同じく揃いの灰色のツナギ姿。

それぞれが路上に飛沫を蹴散《けち》らして走ってくる。

静奈は立ち上がった。

「ステイ!」

バロンに叫ぶ。救助犬にとってハンドラーからの指示は絶対だ。

仮面をかぶった三人のうち、いちばん後ろを走る男が、片手に青いグローブをはめ、警棒のような黒い長いものを握っているのに気づいた。いや、警棒にしては無骨すぎる。SF映画に登場する小道具のようなデザイン。

先頭の男が接近してきた。

不気味な笑みの仮面の奥から殺気を感じる。

静奈は両手に拳を握り、左足を下げ、すっくと右前がまえになった。

先頭の男が殴りかかってきた。斜め下からスイングで突き上げる打撃。静奈は上体を反らし、それをかわした。同時に素早く右脚を飛ばす。

脹《ふく》ら脛《はぎ》を後ろから蹴られて、男が仰向《あおむ》けに倒れた。背中から路面に倒れ込む。

二番目の男が静奈のシャツを掴もうと手を伸ばしてきた。ずんぐりした体型。胸が筋肉で膨らんでいるので、何か格闘技をやっていそうだった。しかし、その手が触れる寸前に、拳を固めた外受けで男の手首を容赦《ようしゃ》なく打ち下ろす。苦痛にうめいた男の顔――ガイ・フォークスの仮面の真ん中に、裏拳の打撃を叩き込んだ。

男がもんどり打って横倒しになった。

仮面がまっぷたつに割れていた。口髭《くちひげ》を生やした中年男性だ。東洋系の顔。外国人だとしてもアジアのどこかだろう。鼻梁《びりょう》から真っ赤な血が路上にしたたっている。手応えからすると鼻骨が折れたはずだ。もっともそんなことぐらいでは同情もしない。

「先輩。後ろ！」

曾我野の声に向き直ったとたん、黒く長いものが突き出された。

三人目の男だ。ポニーテイルの髪を揺らし、すんでのところでそれを避ける。同時にバチバチッと鋭い音。青白い電光が黒い棒の先端に走った。

静奈は驚く。それはバトンタイプのスタンガンだったのだ。

電圧は数十万ボルト、中には百万ボルト近いスタンガンもあるらしい。もしも素手で受けたら、瞬時に気絶していたところだった。

仮面をかぶった男が向き直った。青いグローブはおそらく防水タイプだろう。雨の中でそれを使って自分が感電しないためだ。

鼻先に突き出された二撃目を、静奈は危うくかわす。青白い小さな稲妻のような光。放電の音とともに、独特のきな臭さが鼻腔《びこう》を突いた。高電圧によって空気中の酸素がオゾンに変換されるためだ。

静奈は濡れた顔を利き手の甲で素早く払った。渋瀬の妻が傷の上に貼ってくれた保護パッドがどこかに飛んでいったが気にしない。

男がまたそれを突き込んできた。棒術のようにまっすぐ突き出されたのを右回し蹴りで腕ごと真横に弾いた。男がバランスを崩した瞬間、下ろした右脚を軸に、素早く回転した静奈。左足の踵《かかと》が風を切り、降りしきる雨を弾いた。

鈍い打撃音。

こめかみ付近に後ろ回し蹴りを受けて、男が横ざまに吹っ飛んだ。

仰向けに倒れたまま、動かずにいる。静奈の強烈な蹴り技の一撃で相手は気絶していた。右手から離れたバトンタイプのスタンガンが、路上を転がってゆく。

濁声《だみごえ》が聞こえた。朝鮮語のようだった。

静奈が振り返った。

ハイエースの助手席のドアが開き、同じ灰色のツナギをまとい、ガイ・フォークスの仮面をかぶった男が外に立っていた。

かなり背が高い。他の男たちとはずいぶん雰囲気が異なって見えた。

彼女は敵の狙いに気がついた。

「まさか……バロン！」

雨に濡れた路上に倒れていた男たちが立ち上がり、よろめきながらも、近くに停座していたシェパードに向かっていた。長身の男が、ちょうど自分の近くに転がってきたスタンガンを拾ったところだった。

さっきの男と同様に防水グローブをはめた手で、それを拾い上げた。

口吻《マズル》に無数の皺を刻み、バロンは白い牙《きば》をかすかに見せながら唸《うな》っている。

バロンは人間を攻撃しない。山岳救助犬は絶対に人を傷つけてはならない。そのため、犬の攻撃本能を徹底的に抑える訓練をしてきたからだ。

「バロン、逃げて！」

静奈が叫んだ。しかしバロンはその場を動かない。

足音がして、視線をやった。

新野純也の家から、曾我野が駆け出してきたところだ。彼は敏捷《びんしょう》な走りでバロンに向かった。男たちに飛びかかり、ひとりを殴り倒した。その直後、ふたり目――静奈に仮面を壊された口髭の男が血まみれの凄絶《せいぜつ》な形相で曾我野の胸ぐらを摑み、殴り倒した。

曾我野が起き上がろうとした瞬間、長身の男がやってきて、曾我野の首筋にバトンタイプのスタンガンを押し当てた。

青白い電光が走った。

一瞬、硬直した曾我野が身を反らし、ふたたび濡れた路上に倒れた。

それきり、ピクリとも動かない。

静奈は走った。

「バロン！」

彼女のシェパードが静奈を振り返った。大きく見開かれた鳶色の眸。

「カム！」

声符《せいふ》を聞いたバロンが身を起こした。走り出そうとした刹那、長身の男がバロンの躰にスタンガンを押し当てた。全身から水飛沫をまき散らして、バロンが弾けるように倒れた。

雨に濡れながら横倒しになっている。

「貴様ぁ！」

拳を振りながら静奈が怒声を放った。

白いハイエースがエンジン音を立てながら走ってきた。男たちが倒れたバロンをスライドドアの中に引きずり込む。そして静奈の後ろ回し蹴りで気絶したひとりを抱え起こし、脇を抱えて車内に連れ込んだ。スライドドアが閉じられる。

ハイエースまであと少し。心の中でバロンを呼びながら必死に疾走する。

そんな静奈の前に、長身の男が立ちふさがった。

仮面越しに視線が合ったのがわかった。

静奈がまた拳を強く握った。それぞれの指の関節が音を立てた。

ふいに男は助手席のドアを開き、ハイエースの車内に消えた。静奈がまた走る。手を伸ばし、届く寸前に、白い車は猛然と去ってゆく。

「バロン――！」

降りしきる雨の中に、静奈の悲痛な声が響く。

とっさにＦＪに向かった。すぐに追跡しなければ。

路上に倒れている曾我野の姿が目に入る。

彼を助け起こしたが、意識が戻らない。雨に打たれながら、力なくうなだれたままだ。

「曾我野くん」

足音がして振り向いた。

透明なビニール傘を差したふたりが走ってくる。純也とその母親だった。

「救急車を呼んで下さい！」

静奈は夢中で叫んだ。

立ち上がり、ＦＪのほうへ走ったとき、また排気音がした。住宅地の間の道を黒い
スバル・レガシィが走ってくるところだった。静奈はまた緊張したが、すぐにそれを
解いた。

車が停まり、大柴が雨の中に飛び出してきた。

「遅れてもうしわけない。いったい、何が起こったんだ？」

そんな大柴をにらんで静奈がいう。「車を借りるわ」

「何だって……？」

問答無用とばかりに、大柴のレガシィの運転席のドアを開けた。

ＦＪよりもこちらのほうがいい。捜査車輛ならば緊急走行ができるからだ。

「ちょ、ちょい待て。お前な。勝手に俺の車を――！」

静奈は運転席のドアを閉じた。シートベルトをかけ、オートマシフトをＤレンジに入れる。

大柴があわてて反対側に回り込み、助手席に乗ってきた。ドアが閉まる前に、静奈はアクセルをめいっぱい踏み込んだ。

レガシィが猛然と走り出す。雨がフロントガラスを叩く。ワイパーを最強にする。

静奈はダッシュボード中央にあるサイレンアンプに並ぶボタンの中で〈４秒〉と書かれたものを押した。四秒周期でけたたましいサイレンが鳴り始める。

「悪いけど、そっちで〝赤灯〟と〝フラビ〟を出してもらえる？」

大柴は舌打ちをし、助手席のサンバイザーに装着された補助警光灯のフラットビームを下ろし、ガラス越しに正面に向けた。それから足許の収納ケースから赤色回転灯を取り出す。サイドウインドウを下ろしてルーフの上に載せてから、それぞれのコンセントをコンソールに差し込む。

静奈がサイレンアンプの〈警光灯〉スイッチを押し、レガシィが緊急走行モードとなった。

住宅地の路地を環状七号線に向かって車を走らせる。

「ちくしょうめ。いったい何が起こってるんだよ」

ハンカチで顔を拭きながら大柴がいった。

「あいつらに私の犬がさらわれたの」

「あんたの救助犬が？　何でだ」

「マックと……新野家の犬と間違えられたのよ。同じジャーマン・シェパードだし、首輪の色もたまたま同色だった。よほど犬に馴れて詳しくないと、同じ犬種の個体の区別なんてつかないわ」

静奈はステアリングを握ったまま、いった。「まごまごしてたら、バロンも殺される」

「焦る気持ちはわかるが、とにかく落ち着け」

大柴は助手席のダッシュボードを開き、タオルを渡してきた。それを受け取り、静奈は濡れた髪の毛や顔を片手で拭いた。

「ありがとう」

大柴をちらと見てから、前に目を戻す。

「そこの車載無線で署に連絡を入れてもらえるかしら」

マイクを取った大柴がいった。「そのタメ口はともかく、いちいち偉そうに指図するなよ。少なくとも俺のほうが警察官としての階級は上だぜ」

「ごめんなさい」

大柴はまた静奈を見つめた。

頬《ほお》をすぼめ、気まずく眉根《まゆね》を寄せた。

「いいんだ。あんたの気持ちはわかる」

そういってから、方面系にチャンネルを合わせた無線で阿佐ヶ谷署通信センターに報告を入れ始めた。

静奈はアクセルをめいっぱいに踏みつけながらレガシィを飛ばした。

やがて環七との交差点が見えてきた。

白いハイエースがどちらに曲がったかはわからない。だが、勘に頼るしかない。

交差点の手前でブレーキを踏み、静奈はステアリングを強く握ったまま、目を閉じる。バロンのことを考える。かけがえのない相棒《バディ》の面影を想い描く。

ウインカーを出し、交差点に車を入れた。

右折――環七の内回りを走り出す。

大通りにサイレンが響いた。それを聞いた先行車が次々と路肩に停車する。その間を突っ走り、赤信号も停まらずに抜けた。静奈の乱暴な運転に大柴はときおり悪態をつきながら、サイドウインドウの上のアシストグリップを左手で握り、右手をダッシュボードに突っ張っていた。

やがて前方に白い車が見えてきた。

後部のナンバープレートを見る。間違いない。

「追いついたわ」

静奈がいった。

あの交差点で右折して正解だった。自分の勘が的中した。その喜びがこみ上げてくる。だが、バロンを取り戻すまで安心はできない。彼女はにらむようにハイエースを見ながらアクセルを踏み込んだ。

レガシィがグンと加速する。シートに押しつけられて大柴が声を洩《も》らす。

ハイエースは後ろからサイレンを鳴らしながら追い上げてくる警察車輌に気づいたようだ。向こうも加速した。時速百キロ以上を出しながら蛇行し、先行車をどんどん抜いていく。

やがて方南町《ほうなんちょう》交差点を左折。方南通りを新宿方面に走り始めた。

前方の信号が赤になった。

「大柴さん、マイク!」

舌打ちをした大柴がサイレンアンプのマイクを取り、ボタンを押しながらいった。

「緊急車輛通過します。左折にご注意下さい」

窓を下ろし、赤色に光る誘導棒を外に突き出して振りながら、周囲に合図を送る。

青信号で環七に出ようとしていた何台かの車輛が停まっているのを確認し、静奈はステアリングを切りながらレガシィをゆっくりと左折させた。方南通りに入ると、白いハイエースは二百メートルばかり前方に見えている。

ときおりブレーキを踏んでいるのか、赤いランプが雨の中に滲《にじ》む。

真正面から叩きつけてくる大粒の雨を、ワイパーがしきりに拭うが追いつかない。濡れたフロントガラスに視界が揺らぎ、不明瞭のまま、時速百キロ近くを出している。

「事故だけは起こすなよ」

アシストハンドルにしがみつきながら大柴がいった。「パトカーを私物化されたとわかったら、俺は間違いなく懲戒《ちょうかい》免職だ」

「私物化じゃないわ。うちの沢井課長から公務と認められてる」

「あんたのところの課長が何ていおうが、ここは警視庁の管轄《かんかつ》だ」

前方に赤信号。中野《なかの》通りとの交差点前に車列が詰まっている。

静奈がブレーキを踏む。

不意を突かれた大柴がフロントガラスに顔を打ち付けそうになる。

ハイエースは、強引に車線変更をして、対向車のタクシーとぶつかりそうになる。派手なクラクションが雨の中に聞こえる。喧騒《けんそう》の中、対向車線を走りながら、赤信号を無視して交差点を突っ切る。

まっすぐ新宿方面に向かって走っている。

背後から緊急走行中にレガシィのサイレンを聞いたらしく、クラクションを長鳴らししていたタクシーが沈黙した。その鼻先を抜けるように、静奈は車を蛇行させながら中野通りとの交差点を抜けた。斜めに停車したタクシーの運転手の男が、あっけにとられた顔でレガシィを見ていた。

静奈はふたたび加速した。

ハイエースの姿がどんどん近づいて大きくなる。

さらにいくつかの赤信号を無視して暴走する。左の路地から出かかっていた清掃車にぶつかり、火花を散らしたが、強引に前に出ていく。静奈は衝突した清掃車の鼻先を迂回《うかい》しながら、青いキャップをかぶった運転手が無事なのを確かめ、さらにレガシィを加速させた。

やがて山手《やまて》通りと交わる清水橋《しみずばし》交差点が見えてきた。

信号は青。車の列は交差点を通り、新宿方面に抜けている。

それが黄色に変わり、赤になる。前方の何台かが次々とブレーキランプを赤く点《とも》らせた。

ハイエースがまた強引に右車線に出た。そのまま交差点に突っ込む。ちょうど信号が変わって、山手通り側から発進したばかりの車が何台か、急ブレーキを踏む。激突音がして後続車が次々とぶつかる。

ハイエースもシルバーのアコードの側面に激突し、その車体を傾《かし》がせた。ガラスが割れる音が雨音の中にはっきりと聞こえた。怒声のようなクラクションが重なる。

が、ハイエースはアコードを強引に押しのけながら、交差点を斜めに突っ切り、左車線に戻ろうとした。そこに山手通りの反対車線から飛び出してきたいすゞの四トントラックが激突する。さらに後続車のミニバンとワゴンRが玉撞《たまつ》きになって追突した。派手に火花が散り、ガラスや金属片が宙に舞った。

静奈は歯を食いしばった。

交差点の真ん中に数台の車がぶつかり合い、団子になっている。

しかしハイエースはぶつかった車輛を強引に押しのけながら、交差点の向こうへ行こうとしている。エンジンがけたたましい悲鳴を上げ、タイヤが空転して煙を洩らしている。

ふいに四トントラックが動き、ハイエースがよろけるように走り出した。

新宿方面に向かっている。

「逃がすか！」

静奈はいったん右車線にレガシィを出した。

しかし十字路は完全に事故車輌で塞がれていて、通り抜ける隙間もない。

「緊急車輌が通行します。すみやかに交差点を空けて下さい」

マイクを取って大柴がスピーカーでいった。が、追突し、団子状にぶつかり合った車のいずれも、まったく動けないようだ。

「どうする？　これじゃ、にっちもさっちも行かないぜ」

大柴が肩を持ち上げた。

静奈がレガシィを出した。四トントラックとミニバンに車体の鼻面を当てて、アクセルを踏み込む。レガシィのエンジンが甲高《かんだか》く吼えた。トラックとミニバンの運転手があっけにとられた顔で、こっちを見ている。

「おい。どうするつもりなんだ」

静奈はいったんレガシィをバックさせ、また前方の二台の車輛にぶつけた。

すさまじいショックに大柴がうめき声を洩らす。

しかし前方の車輛はびくともしない。それでも歯を食いしばりながらレガシィを進めようとする。が、車高のあるトラックの車体の下にフロントを挟み込まれ、今度という今度は前進も後退もできない最悪の状態となった。

静奈はステアリングを拳で叩いた。

どうすればいい？

しばし考えた。

「大柴さん。あと、頼んだわ」

「何だって？」

大柴の声を無視して、運転席のドアを開けた。

たちまち篠突く雨が彼女をびしょ濡れにする。が、かまわずドアを閉め、走り出した。

——神崎巡査！

背後から大柴の声が聞こえた。

彼女は振り向かない。山と空手で鍛えたしなやかな脚を駆使《くし》して、雨に打たれ、濡れたアスファルトに水飛沫を散らせながら疾走した。

前方に遠ざかる白いハイエースを追って――。

8

静奈は走った。

真正面から大粒の雨が顔にぶつかってくるが、かまわなかった。

少しでもいいからバロンに近づきたかった。

方南通りを新宿方面に向かっていた。

背後の交差点が事故で詰まり、後ろから来る車はいないので、車道の真ん中を走り続けた。スウェットもジーンズも雨でずぶ濡れになって躰にまとわりつく。しかし脱ぎ捨てるわけにもゆかず、そのまま駆け続けるしかない。

脳裡を占めるのはバロンのことだけだ。

愛犬を、相棒《バディ》を取り戻す。何としても。

前方に去っていったハイエースは見えない。とっくに逃げ去ってしまったのかもしれない。

だが、走るしかない。

やがて次の交差点が見えてきた。

信号は赤。その手前に何台か車が赤くブレーキランプを点らせながら停まっている。その中に、あの白いハイエースらしき車が停まっているのが見えた。

無我夢中で走った。

ときたま雨に濡れる顔を掌で擦《こす》り、大きく足を踏み込みながら、濡れたアスファルトの路面を疾走した。間違いなく奴らのハイエースだった。ぶつかってあちこちが傷だらけになり、くぼんだ車体が見えてきた。

品川ナンバーだ。四桁の数字も記憶していた。

おそらく背後で交差点が通行不能になり、彼らのレガシィがこれ以上、追ってこないと思って安心したのだろう。だから、さっきのように赤信号を無視したりせず、おとなしく交差点で一時停止しているのだ。

まさか駆け足で後ろから追いついてくるとは思っていないのだ。

静奈は歯を食いしばり、なおも速度を速めて走った。

両手を大きく振り、長い脚を交差させながら、濡れた路面を蹴った。

車列の最後尾に青いＳＵＶが停まっている。その前に赤帽マークの小型トラック。

さらに前に紺色のセレナ。その先にハイエースがいた。

ふいに前方の信号が青に変わった。

車列が少しずつ動き始めた。

静奈は焦った。

逃がすものか。そろそろと動き出す車列の左を駆け抜け、ハイエースに肉薄した。

車窓の中に人影。その顔が振り向いた。

仮面はもうかぶっていない。男の顔。切れ長の目。視線がまともに合った。

ハイエースが加速した。だが、静奈はその車体の側面に取り付き、車窓を激しく叩いた。

ドアハンドルを摑むがロックされている。歯を食いしばりながら、肘《ひじ》でサイドウインドウを打ち付けた。二度、三度と弾かれたので、左手を拳に添え、力を込めた。ウインドウが破れ、ガラス片が飛び散った。

車窓に残ったガラスを、肘や手の甲を何度も叩きつけて徹底的に割った。

サイドウインドウはほとんど砕け散っていた。縁に少し残っているだけだ。

男たちの驚愕した顔が見えた。

ハイエースが加速した。すかさず車窓から躰を突っ込み、ドアの上にあるアシストハンドルを摑んだ。足が路面に接地したかたちで引きずられた。摩擦でスニーカーが脱げそうになった。

アシストハンドルを摑んだ右手に力を込める。筋肉がたわみ、骨が軋《きし》んだ。

強引に上体を持ち上げた静奈は、ハイエースの助手席に上半身を入れた。間近に男の顔がある。四十代ぐらいの東洋人。明らかに日本語ではない言葉で何かを叫んでいる。

犬が吼える声。

ハッと驚いて視線をやる。後部座席にバロンがいた。

大きな耳を立て、双眸を輝かせながら静奈を見て、シェパードが激しく吼えている。

静奈のほうに行こうとするのを、左右のシートからふたりの男たちが必死に押さえている。

「バロン！」

静奈が声を振り絞った。「必ずあなたを助ける！」

助手席の男がシートベルトを外し、何か叫びながら拳をかざした。左頰にガツンと食らって静奈がうめいた。二発、三発と同じ場所に拳を受けた。

雨に濡れた手が滑ってアシストハンドルを放したため、静奈は車輛から振り落とされた。

硬いアスファルトの路面に背中から落ちて、二度、三度とバウンドする。そうしながら肉体へのダメージがなるべく少なくなるように躰を丸め、衝撃に耐えた。

何度も路面で弾んでいた躰がやっと停まり、静奈は水たまりの中に俯《うつぶ》せの恰好《かっこう》で静止した。

素早く顔を上げた。

拳で濡れた路面を思い切り叩き、膝を折ってから立ち上がった。一瞬、視界が回転してよろけそうになる。ガードレールに片手を突いて、姿勢を保った。

前方にハイエースの赤い尾灯が遠ざかっていく。

ちくしょう――と、心の中で叫んだ。何度も叫び続けた。

また走ろうとしたとき、背後にエンジン音が聞こえた。

振り返ると、中型バイクに乗ったライダーが後ろから走ってくるのが見えた。そのヘッドライトがまともに目に差し込み、静奈は顔を背ける。

が、すかさず両手を挙げて、ライダーの前方を塞ぐように立った。

バイクが急ブレーキをかけた。とたんに雨に濡れた路面でスリップし、車体を傾げながら倒れ、勢いのまま、車道を滑ってきた。

静奈の手前でバイクが停まり、フルフェイスのヘルメットに上下のツナギを着たライダーが、あわてて尻で後退《あとずさ》るようにバイクから離れた。

ホンダの旧型バイク、ＣＢ２５０だ。苛立《いらだ》たしげなエンジン音の中で、後ろのタイヤが飛沫を散らし、空転している。

「警察の者です。凶悪犯を追跡中なの。悪いけど、ちょっと借りるわね」

そういって静奈はハンドルを握り、クラッチレバーを絞ってから、ブレーキでタイヤの回転を止めた。倒れていたバイクを引き起こしざま、シートをまたぐ。スニーカーの靴底でペダルを数回踏んでシフトをローの位置まで戻した。何度かアクセルグリップをひねってエンジンを空ぶかしさせ、クラッチを繋《つな》いだ。

――ちょっと、あんたッ。

排気音の中で、背後からライダーの声が聞こえた。

心の片隅でもうしわけなく思いながらも、前方に意識を集中する。

強烈なＧを感じつつバイクを走らせた。傷だらけの肉体に大粒の雨が痛いほどぶつかる。しかし静奈は歯を食いしばりながら、シフトチェンジし、バイクを加速させてゆく。

方南通りをさらに新宿方面に向かう。

前方に西口の高層ビル街が見えてくる。巨大な墓標の群れのようなそれらは、鉛色の雨雲にすっぽりと呑み込まれている。

前方に白いハイエースが見えてきた。

絶対に逃がさない。

静奈は雨風の抵抗を少しでも避けようと、姿勢を低くしながらバイクを加速させた。

ハイエースの男たちは、後ろから追いついてくるバイクが、まさか静奈だとは思ってもいなかったようだ。

時速六十キロ。

相手に追いついて、彼女は左の路肩とハイエースの間に強引にバイクを突っ込んだ。

双方が併走するかたちとなった。

ようやく気づいた助手席の男が驚愕の表情で静奈を見て、何か叫んだ。

バロンの声がした。

右手を伸ばし、ハイエースの車体を摑んだ。

ふたたび破れたサイドウインドウから右手を入れ、アシストハンドルをしっかりと握ったとたん、彼女は自分が乗っていたバイクを蹴った。

制御を失ったバイクが蛇行し、路肩のガードレールにぶつかって火花を散らす。

かまわずハイエースの窓から上半身を入れた。

後部座席にいるバロンを見た。相変わらず左右からふたりの男に首や胴体を摑まれている。それをふりほどこうとバロンは必死になっている。悲鳴を発し、躰を必死にくねらせている。

その後肢《うしろあし》が何かを蹴っている。

最後尾のシートに段ボールが積まれていた。車窓に黒いカーテンがかかっていて、光が入らず、見えづらかったが、赤く丸い形を組み合わせた、何かのトレードマークのようなものが側面に描かれている。その下にハングル文字。

それがいっせいに荷崩れしたのが見えた。

車内右側に小さなスチールデスクが備え付けてあり、そこにパソコンが固定されていた。段ボールのひとつがパソコンに当たってバウンドしてから、バロンの背中に落下した。

バロンがまた悲鳴を洩らす。

「待ってて。あなたを絶対に助ける！」

静奈がもう一度、叫んだ。

助手席の男が歯を剝《む》き出した。また拳で殴りつけようとするそのそぶりを見て、とっさに左手で男の片耳を摑んだ。

怒声。

何度か顔を殴られた。しかし両手は離さない。苦痛に耐えながら、男の片耳を激しく摑んだ。

それを引きちぎる勢いで手前に引き寄せようとした。

助手席の男が甲高い悲鳴を放った。血走った目で静奈をにらみつけている。

ステアリングを握る運転手は、焦った顔でたびたび助手席を見ているが、運転中のために前方から目を離せない。後部座席のふたりは暴れるバロンを押さえるので手いっぱいのようだ。

そのバロンの声。

必死の悲鳴が静奈の心をかきむしる。

「私の——」

静奈は男の耳を摑んだまま叫んだ。「犬を返せ！」

男の鼻のど真ん中に頭突きを食らわした。濡れたポニーテイルが激しく躍った。

助手席の男がもんどり打って、運転手に躰をぶつけた。鼻腔からおびただしい鮮血を噴いている。すかさずさらに上半身を窓から車内に入れて、ダッシュボードを摑んだ。車窓の縁にギザギザに残っていたガラスがスウェットを破り、左の乳房の辺りに突き刺さるのを感じた。しかしそのすさまじい苦痛に耐えながら、車内に完全に入り込もうとした。

入れば、何とかなる。そう思った。

しかし今はまだ、静奈の下半身は車窓から外に出たままだ。このまま路肩に車を寄せられ、何かの障害物にぶつけられたら一巻の終わりである。

鼻血を流している男がまた、何か叫んだ。

静奈の首に両手をかけてきた。喉首を絞められて、彼女はあがいた。

たんに首を絞めているだけではない。何かの格闘技の技のようだ。意識が白濁《はくだく》し、飛びそうになる。

無我夢中で手を伸ばした。

自分を絞める男ではなく、その向こう。必死に伸ばした指先が、硬いものに触れた。

ハイエースのステアリング。

それを摑みざま、力任せに手前に引いた。

たちまちハイエースの車体が進行方向から左に逸《そ》れ、雨に濡れた車道をスリップした。勢いで左側の片輪が浮いたのがわかった。車体全体が右に大きく傾いでいる。

男たちの絶叫が耳朶《じだ》を打つ。そしてバロンの声。

首を絞めていた助手席の男の力が、ふっとゆるんだ。混濁しかかっていた意識が明瞭になり、視界が戻った。車内はパニックになっていた。

ハイエースの車体がスピンしている。

回転しながら中央線を越えて、反対車線に飛び出したようだ。

ちょうど前方からやってきた〈ドッグ宅配便〉と大きなコンテナに書いたトラックが、大きなホーンを鳴らしながら迫ってきた。

横滑りするハイエースの後部が、そのトラックの鼻面にまともに激突した。すさまじい衝撃。

静奈はまた車外に振り飛ばされそうになる。

しかし摑んだステアリングを離さなかった。ハイエースはトラックに激突した反動で逆回転にスピンしながら、本来の車線に戻った。今度は路肩のガードレールに激しく衝突して、ようやく停まった。

そのはずみで静奈は車外に放り出された。

ステアリングを握っていた手が滑ったためだ。しかし、もう一方の手で男の躰を摑んだまま、彼女は断乎《だんこ》として離さなかった。静奈といっしょに助手席の男もハイエースの窓越しに車内から引きずり出され、ふたりでもつれ合うようにアスファルトの上に転げ落ちた。

勢いで躰がバウンドした。硬い路面に何度も躰を打ち付けられ、頭の中に火花が散った。

ようやく回転が止まった。

身を起こすと、少し離れた路肩にさっきの男が這いつくばっていた。静奈が容赦なく摑んだ左耳から、ダラダラと血を流している。そこを片手で押さえながら、男は静奈をにらみつけている。雨に濡れた前髪が額から鼻にかけて張り付いていた。

遠ざかっていく排気音。

振り向くと、ハイエースが遠くへ走り去ってゆく。

赤いテイルランプを見送っていた静奈が、ふと気配に向き直ったとたん、男が立ち上がって向かってきた。

素早く拳が飛んでくる。静奈は紙一重でかわし、同時に踏み込んだ相手の利き足を左の靴底で止めた。向こう臑《ずね》にまともに当たって、男がうめいた。間を置かずに右裏拳を旋回させ、相手の左顎を叩く。

男の髪の毛が躍り、派手に飛沫が散った。そのままもんどり打って倒れた。

半身の状態で、自然とバウンスステップを刻んでいた。

男は仰向けになったまま、あっけにとられた顔で静奈を見上げている。

「あんたたちは間違えてる。あれは私の犬だ！」

静奈が叫んだ。

ふいに視界の隅で何かが光った。

見れば、歩道に立っていた数名の若者が傘を差しながらスマートフォンをかざし、静奈と男の乱闘を写真撮影している。そのフラッシュだった。

一瞬、目を離したとたん、何かが風を切った。とっさに頭を下げたので、相手の強烈な回し蹴りをまともに食らわずにすんだ。

直後、路面を蹴って飛び上がっての旋風脚《せんぷうきゃく》。雨を散らし、強烈なスピードで顔の真ん中を狙って襲ってきた。

かわす余裕もなく、静奈は左腕で受けた。強烈な打撃に骨が軋《きし》む。

跳び退った。相手との距離を空けた。蹴りを止めた左腕が痺《しび》れている。

静奈の知らない格闘技だ。

昔、シラットと呼ばれる東南アジアの武術の使い手と戦ったことがある。スピードと力強さにあふれた点では、それと似ていた。しかし、どことなくぎこちない。直線や円の動きが型にとらわれ過ぎている感じがする。

男が気合いを発して突っ込んできた。

ワンツーのパンチが来る。右に左に静奈は避ける。

避けねば人中《じんちゅう》――鼻の下に食らっていた。ここに強い打撃を受けると鼻骨が折れ、脳に刺さって即死するといわれる。

突如、大胆な動きでのハイキック。前蹴り。顎下を蹴り上げられそうになる寸前に、背を反らすスウェイで逃げた。男が躰を反転させ、後ろ回し蹴り。こめかみを狙ってきた。右の拳を捻《ひね》りながらの外受けで、その動きを止める。

目と目が合った。空手の選手にはない、明らかな殺気。

男はさっきから急所ばかりを狙っている。つまり、人を殺すことを目的とした格闘技だ。

その瞬間、静奈は思い出した。

これは――撃術《キュクスル》だ。

空手やテコンドーを元にした格闘術で、北朝鮮軍の兵士が身につけているといわれる。

たまたまそのデモンストレーションの動画を、ＹｏｕＴｕｂｅで見たことがあった。

その独特の重厚な動きが忘れられなかった。

男がまた気合いを放った。

大きく躰をひねりながら回し蹴り。雨の中で目を細めながら、その軌道を見切った。頭髪身をかがめて躱《かわ》す。宙に躍ったポニーテイルの髪が男の蹴りを受けてしなった。頭髪を引きちぎられそうな激痛に、静奈が顔をしかめる。男はその足を地に着けず、すかさず蹴込《けこ》みを突き入れてきた。ふたたび跳び退った静奈は、男が足を路面に着けると同時に、さっきと同じ利き足の向こう臑に靴底を蹴落とした。

相手の意表を突いてのストンプキック。

男が苦痛に顔を歪めた。

同じ場所ばかりにダメージを与えるのは試合としては卑怯《ひきょう》だ。しかしこれは実戦だ。後退ったところに追い打ちをかけ、さらに同じ向こう臑に三発目のストンピングを打ち下ろす。

骨が折れる音がはっきりと聞こえた。

男が右脚を抱えるようにして、よこざまに倒れた。水たまりが飛沫を散らした。

静奈は男のシャツの襟首を摑み、上半身をぐいっと引き起こした。間近から血走った目を見据えていった。

「何者なの。なぜ、シェパードばかりをさらう？」

男は泥水に汚れた顔で、目を剝いたまま静奈をにらみつけた。しかし口を引き結んでいる。

「いいわ。力ずくでも答えさせてあげる」

そういって右手に拳を握り込んだ。

そのとき、サイレンの音が聞こえた。急速に接近してくる。

一瞬、大柴が追いついてきたのだと思った。

しかし違った。パトランプを明滅させ、サイレンとともにやってきたのは白黒のパトカーが一台。静奈たちの近くに停まり、ドアを開いて、警察官がひとり、飛び出してきた。靴音とともに、静奈と倒れた男の前に立ちはだかる。

まだ若い警察官だ。二十代前半だろう。

開きっぱなしの運転席から、警察官が無線のマイクに向かって大声を出している。

――〈新宿24〉から警視庁。管内、方南通りを暴走中のハイエースは新宿西口方面へ逃走。なお、被疑車輛の乗員とおぼしき男女二名を路上で発見。これより確保します。

静奈は目を開いた。

自分までもが暴走した車輛の仲間だと思われている。

〈新宿24〉は所属する所轄のパトカーの車輛番号。つまりここは新宿署の管轄で、大柴がいる阿佐ヶ谷署のエリアではない。

ふいに静奈の腕をふりほどき、男が立ち上がった。

右脚を引きずりながら、路上を走り出す。とっさに追いかけようとした静奈は、警察官に後ろから取り押さえられた。摑まれた左手を振り払い、警察官の腕を摑んで足をかけ、横に転がした。

——貴様。抵抗するかッ！

警官の声が耳朶を打つ。

だが、向き直って走る。

脛の骨を折られ、片足を引きずる男は遅い。

ガードレールの切れ目から歩道へ。そこから狭い路地へと飛び込んだところで、静奈が追いついた。すかさず後ろから組み付いた。向き直った男が静奈の顔を殴りつけた。襟首を摑んで足払いをかけて倒した。

そこにさっきの若い警察官が走ってきた。まるで騎馬戦のように飛びかかってきて、静奈は強引に引き倒された。

「抵抗するな！」と、背中にのしかかる警察官が怒鳴る。

「私は山梨県警の者です！」

「何だと？」

その声に困惑の気配が感じられた。「だ、だったら、所属と名をいえ」

「地域課、神崎静奈巡査」

「嘘をいうな！」

「嘘なんかじゃない！」

警察官が真顔で静奈を見つめてきた。力をゆるめている。

「……本当か」

うなずいた。

「うちの署に連絡を入れて下さい。沢井地域課長への直通の番号は……」

そのとき、彼女の視界の隅にそれが見えた。倒れていた男がまた立ち上がっていた。背を向けて逃げようとしている。

静奈の表情を見て、警察官が気づいた。振り返って叫ぶ。

「そこのお前、動くなッ」

しかし制止を聞かず、男が足を引きずりながら駆け出した。とっさに警察官が追いかける。

警察官は背後から男に組み付いた。

俯せに倒された男は外国語——おそらく朝鮮語で何かを怒鳴った。

自分にのしかかる警察官の喉首に手をかけ、相手の躰を引き起こす。同時に警察官の腰の黒い革ホルスターの蓋《ふた》を開けて、拳銃を奪おうとした。警察官が怒声を放った。

静奈は中腰になって、目の前で繰り広げられる争いを見た。

警察官と男は、組んずほぐれつしながら拳銃を奪い合っている。警官の腰のホルスターと拳銃のグリップを結ぶ吊り紐と呼ばれるカールコードがめいっぱい伸びている。トリガーガードの中に入れていたゴム製の安全具が外れて飛んだのが見えた。

その刹那。

派手な銃声が静奈の耳朶を打った。

若い警察官が真っ青な顔で目を大きく見開き、硬直している。もみ合ううちに撃たれたのだとわかった。濡れた路面に両膝を落とし、そのまま背中から倒れた。

男は仰向けになったまま動かない警察官の腰から吊り紐のリングを外すと、片手に拳銃を握って、その銃口を静奈に向けようとした。

とっさにダッシュした。

肘打ちを男の顎に打ち込んだ。相手がのけぞった隙に、男の手から拳銃をもぎ取った。

背後に足音がした。

振り向くと、別の制服警察官がちょうどこの狭い路地に駆け込んできたところだった。さっきパトカーの助手席から無線連絡をしていたもうひとりの警察官だ。

彼が足を止めた。驚愕の表情で静奈と向かい合っていた。

ゆっくりと視線を外し、自分が手にしている拳銃を見下ろした。銃把《じゅうは》の下から吊り紐がブラブラと揺れている。

背後に乱雑な足音がした。肩越しに振り向くと、あの男が片脚を引きずりながら、また逃げ出したところだ。

逃がしてはならない。静奈は焦った。

「貴様！」

その怒声に向き直る。もうひとりの警察官が腰のホルスターに手をかけていた。

声が震えていた。だが、その目は憎悪に燃えていた。

静奈は自分の足許に仰向けに倒れている警察官を見下ろす。制服の下から、雨水に混じって赤い血が流れ出している。

右手に持っていた拳銃を離した。倒れた警察官の横に、ニューナンブの回転式拳銃が重たい金属音とともに落下した。

「私じゃない……」

そういって首を振った。

真正面に立つ警察官は彼女が撃ったと信じ、疑いもしないようだ。

「違うの！」

そういって踵《きびす》を返し、逃げた男を追った。

警察官も走ってきた。

乱雑な足音が背後に迫ってくる。

——至急！　至急！〈新宿24〉から警視庁。方南通りを暴走していた被疑車輛の乗員らしき女が船越《ふなこし》ＰＭの拳銃を奪って発砲。船越が撃たれました。現場は西新宿五丁目駅付近。救急車を要請します。なお〝マル被〟においては新宿中央公園方面に向かって逃走中。現在、〝マル追〟中です。

走りながら振り向くと、静奈を追ってくる警察官が左肩のマイクを握っている。

最悪の状況となった。

彼女は警察官を撃った犯人にされてしまったのだ。

それでも前方の男を逃がすわけにはいかない。

狭い路地を右に左に折れながら、男は逃げ続けている。右脚の向こう臑の骨を折られているのに、何という強靱《きょうじん》な脚力なのか。しかし走る速度は遅い。すぐに追いつくはずだ。

静奈は雨に打たれながら、必死に走った。

バロンを救い出す。何としても――。

9

〈渋瀬どうぶつクリニック〉の看板の下には〈本日臨時休診〉の札がかかっていた。

今日は朝早くから二件、ミニチュアダックスと雑種の猫の避妊手術があった。午前十一時までかかって、そのふたつをこなした渋瀬は、助手の女性二名を帰宅させ、ひとり診察室に残っていた。

パソコンの前に座り、カルテのチェックをしばらくやった。

事務仕事になると、つい煙草を吸いすぎてしまう。傍らの灰皿にはすでに十本の吸い殻が入っていた。

ときおり強い風が雨粒をアルミサッシのガラス窓に叩きつけている。まだ正午前だというのに、外は夜のように暗い。

今朝から電話がいくつか。ほとんどが予約の電話で、助手の女性たちが受けてくれた。

それから間違い電話がひとつ。電話番号が一番違いの、隣町の歯医者にかけた電話だ。三十分前にかかってきたのは妻の寛子からだった。

彼のＦＪを借りて新野純也の家に向かった神崎静奈が戻ってこないのだという。出かけたのは九時半頃だというが、時計を見ると、もう二時間以上が経過している。

彼女にかぎって連絡を怠《おこた》るようなことはあり得ないため、何か異常があったと見るべきだろう。新野純也の家は彼のこの職場から近い。行ってみるかと思ったとき、また電話が鳴り始めた。

ＬＥＤのランプを明滅させながら呼び出し音を鳴らす子機を、渋瀬はしばし見つめていた。

ゆっくりと手を伸ばして取り、耳に当てた。

「〈渋瀬どうぶつクリニック〉ですが」

――こちら阿佐ヶ谷警察署地域課の小林と申します。

若い男の声だった。

「どういったご用件でしょう」

——杉並区堀ノ内一丁目に停めてあった車にキーが差し込まれ、アイドリング状態のままで放置されていたため、ナンバーを調べたところ、あなたの所有される車輌だと判明したのでお電話をさせていただきました。

子機を耳に当てたまま、渋瀬は訊いてみた。

「車種は何でしょう」

——トヨタのＦＪクルーザーです。色はオレンジ。

「たしかに私のものです」

——失礼ですが、どなたかに車を貸されましたか。

「今朝、知人が乗ってでかけました。神崎静奈という名で、南アルプス署の警察官です。その現場近くにある新野さんというお宅を訪ねるはずでしたが、当人はそこにいないのですか？」

少し間を置いて、相手がいった。

——それで裏が取れました。

「どういうことです」

——同じ場所で犬の誘拐事件があったと通報がありました。神崎巡査は、うちの捜査員とともに犬をさらった犯人を追跡中と連絡が入っています。

「さらわれた犬はシェパードですか」

——そう聞いております。

「名前はマック？」

——いいえ。神崎巡査がつれていたバロンという名の犬です。

渋瀬はまた驚いた。まさかと思った。

なぜよりにもよって彼女の犬がさらわれなければならないのか。

「もうひとり、曾我野という警察官がいたはずですが」

——それが……犯人グループと格闘中、負傷して、近くの病院に緊急搬送《はんそう》されました。

「容態は？」

——スタンガンのようなもので昏倒《こんとう》させられたようですが、さいわい命に別状はないようです。

「わかりました。私の車はどこにありますか？」

——署のほうで預かっています。

「では、すぐに妻といっしょにうかがいます」

電話を切った。

ふうっと吐息を洩らしてから、子機を充電器に戻し、事務机の上に置いていたスマートフォンをとった。液晶画面に静奈の携帯の番号を表示させて通話状態にする。

呼び出し音が続くが、向こうが出る気配はない。

口を引き結び、スマートフォンをまた机の上に置いた。

椅子を少し軋ませながら、しばしパソコンの画面を凝視していた。何度か息を洩らしてから、充電器に立てていた子機を取った。自宅の短縮番号をプッシュする。

呼び出し音が二回。寛子が出た。

「私だ」

——どうしたの？

「困ったことが起こったらしい」

彼は事情をかいつまんで話した。

タクシーで阿佐ヶ谷署に到着すると、地域課の窓口に行って、最前、電話をしてきた地域課の小林という警察官を訪ねた。カウンターに向かい合う長椅子で待っていると、やがて白髪交じりの五十がらみの痩《や》せた男性警察官が階段を下りてきた。

「どうも、ご苦労様です」

制服姿で短髪の頭を掻きながら、小林が笑みを見せてきた。

「私の車は?」

「本署の裏の駐車場で保管してあります。キーが差し込まれていた状態でしたが、さいわい盗難はされとりませんでした。が、念のため、ご自分で車内を調べていただけますか」

「それはもちろんですが、シェパードがまた誘拐されたと?」

「その件で、うちの刑事組織犯罪対策課の者から話があるそうです。あちらでお待ちいただけますか」

パーテイションで仕切られた応接スペースを指差されたので、うなずいた。

小林に案内され、「狭くてすみませんが」とソファに座らされる。

すぐに小林が出て行くと、間もなく足音がして、ワイシャツ姿の中年男性がやってきた。渋瀬が立ち上がると、向かいのソファの前に立って、名刺を差し出してきた。

警視庁　阿佐ヶ谷警察署　刑事組織犯罪対策課

課長代理　中西伍郎　警部

渋瀬も空手道場の師範の名刺と、動物病院の名が記された名刺を差し出す。

「ほう。空手をなさっておられますか」

中西という警察官が、しげしげと彼の名刺を見ながらいった。

渋瀬はパーテイションの向こうを行き交う制服姿の警察官たちに目をやった。

署内のフロアのあちらこちらで、大勢の警察官たちがあわただしく動いている。

「何かあったんですか」

渋瀬は訊いてみた。

「うちの管内じゃないんですが、重大事件が発生しまして」

「重大といいますと？」

中西の視線がかすかに泳いだ。

「あとでマスコミ発表になると思います」

ごまかされたが、仕方なかった。

「あらためてお伺いしますが、神崎さんの犬がさらわれて、彼女とこちらの署の刑事さんが追跡したというのはたしかなんですね」

するとまた中西が困惑した顔になり、眉をひそめた。

「それが……どうも情報が錯綜《さくそう》しておりまして」

「どういうことですか」

「神崎という南アルプス署の女性警察官はともかく、同行したはずのうちの捜査員とも連絡が取れずに困っているところなんです。おかげで事件の詳細がつかめない情況でしてね」

いずれにしても、静奈たちはまだ犬をさらった連中を追跡中ということなのだろう。

「失礼ですが、渋瀬さんは神崎巡査と懇意《こんい》だとうかがいましたが」

「空手仲間といったところです。彼女が大会出場で上京していたので、同僚の曾我野くんとふたりで昨夜はうちに泊まってもらいました。今朝には南アルプスに帰るという話だったのですが、どうしてこんなことになったのか」

「犬がさらわれた件について、何かご存じですか」

「ご存じのように、昨日、別のシェパードが飼い主の少年とともに拉致されたところを神崎さんたちが救い出したのですが、今度は彼女のシェパードが誘拐されてしまった」

「なぜ、そんなことに」

「同じ犬種ですし、間違われたのでしょうね。素人目《しろうとめ》に犬の個体はなかなか識別できませんから」

「するとやはり誘拐した犯人は、あの犬の連続殺害事件と同一だと？」

「そうだと思います」

「あなたは獣医さんですし、犬がさらわれて殺される理由に見当はつきませんか」

いわれて渋瀬は視線を外し、両手でゆっくりと自分の顔を擦《こす》った。

「神崎さんはマイクロチップではないかと疑っていました」

両掌で顔を覆ったまま、そういった。

「それはどういうものですか」

「犬の体内に埋め込む識別用の電子装置です。迷子になったときや大規模災害で被災したときなどにすぐにわかるように、リーダーで固有の数字が読み取れるようになってます」

「どうしてそのマイクロチップが狙われると？」

「そこから先がどうも判然としないのです。曾我野くんは数字に何か秘密があるのではないかと疑ってましたがね」

腕組みをしてふうっと吐息を洩らした。そんな渋瀬の様子を中西はじっと見ていた。

「ところで、その曾我野という南アルプス署の警察官ですが」

彼はいった。「搬送先の病院で意識を取り戻したようです。今、うちの署の捜査員たちが事情聴取しているところです」

「彼が神崎さんとともに犬の誘拐の現場に居合わせたことは間違いないようですし、何かわかればいいですね」

中西とともに立ち上がり、握手を交わしてから応接スペースを出た。

「あなたの車のキーは一階の交通課でお預かりしています。書類を書いてから受け取って下さい」

そういいのこし、中西が去っていくと、渋瀬はまたフロアを見渡した。

あちらこちらでひっきりなしに電話が鳴りっぱなしで、署員たちがあわただしく応答している。

大きな事件が起こったらしい。

渋瀬はスマートフォンを取り出し、静奈の携帯に呼び出しをかけてみたが、やはり出なかった。仕方なくポケットに戻し、階段に向かって歩き出した。

10

土砂降りの雨に叩かれながら、静奈は走り続けた。

すぐ目の前を男の後ろ姿が駆けてゆく。折れた右足をかばいながら、スキップするように走っていた。あれからもう二十分近くが経過している。ふつうなら転ぶか、へたり込んでしまうだろう。

よほど強靱な人間でなければ、こんなことは不可能だ。

だが、距離は確実に縮まっていた。

あと少し。

新宿西口中央公園に沿った道を、静奈は男を追って走った。

傘を差した通行人を右に左に避けながら、夢中で駆けつづける。男は何度も人にぶつかり、そのたび悲鳴が起こり、怒声が放たれていた。

バロンをさらった車は去っていった。奴らにたどり着く糸口は、この前方の男だけだ。

何としても捕まえる。奴らの行き先を聞き出してやる。

ふいに男が倒れた。足がもつれたようだ。
静奈はついに追いついた。俯せの男を片手で引き起こした。
雨に濡れた顔に髪の毛がびっしりと張り付いている。目を細め、しばたたきながら、
男は静奈を見上げた。顔面が蒼白だった。
「私の犬をどこへ連れて行ったの?」
荒い呼吸を堪《こら》えながら質問した。
男はゼイゼイと喉を鳴らしながら、黙って静奈を見上げている。
「あなたたちが何者かは知らない。でも、あのシェパードは私の犬なの。あなたたち
は間違えて誘拐しているのよ」
すると男の顔の表情にかすかな変化が現れた。
口許を吊り上げ、小さく笑みを浮かべた――ように思え、静奈は驚いた。
「いったい、あなたたち……」
いいながら眉間に深く皺《しわ》を刻んだ。
いつの間にか周囲に人だかりができはじめていた。デジカメやスマートフォンのカ
メラで撮影している者が何人もいた。しかし静奈は気にせず、男にいった。
「白状しないのなら、力ずくでも吐かせてやる」

グイッと右手の拳を握り固めた。

男がまた口許を吊り上げ、笑みを浮かべた。

その笑いの意味が理解できず、静奈は困惑した。

ふいにパトカーのサイレンの音がした。それも複数。急速にこちらに近づいてくる。

静奈は焦った。

警察が到着する前に、この男の口を割らせるか、あるいはどこかへ連れて行かなければならない。しかし、いずれにしても時間はないようだ。

静奈は男の襟首《えりくび》を摑んで絞り上げた。

「もう一度、訊く。私の犬をどこへ連れて行った！」

顔を思い切り相手に近づけて怒鳴った。

それが間違いだった。

いきなり髪の毛を片手で摑まれた。静奈がバランスを崩して倒れたところに、背後から首に両腕をかけられた。とっさに左手を相手の腕と自分の喉首の隙間に突っ込んだ。そうしなかったら頸骨《けいこつ》をへし折られていただろう。

静奈は思い切り頭を振って、相手の顔面に後頭部を叩きつけた。

くぐもった声。男が静奈から手を離して、仰向けに転がり込んだ。歩道の水たまりに飛沫が派手に散った。周囲で見ていた野次馬たちの何人かが悲鳴を放ち、逃げ出す者もいた。

静奈は立ち上がった。

男がよろけながらも向かい合うかたちで立った。右爪先を少し浮かせている。折れた足をかばっているのだ。

静奈は半身のかまえになった。必要ならば靴底をそこに叩きつけるつもりだった。

相手が何者でどういう事情であろうが、こうなってはもう容赦はしない。一生、足が使い物にならなくなるかもしれない。しかし迷いはなかった。

その意図を知ったのか、ふいに男の表情が歪んだ。

「俺も犬が好きだった。だが、家族は飢えていた。殺して喰わせてやるしかなかった……」

ひどく外国訛《なま》りのある日本語。やはり韓国人か朝鮮人だ。

「何なのよ、それ」

静奈は眉をひそめた。

「おまえら日本人にはその苦しみがわかるまい」

パトカーのサイレンが複数、迫ってきた。

エンジン音が聞こえて、静奈が振り向くと、数台のパトカーが車道に停まり、次々とドアを開いて大勢の警察官たちを吐き出している。

ふいに男が静奈に背を向けた。足を引きずりながら走った。

車道から生け垣の間を抜けて歩道へ出ると、そのまま背の低い石垣を這い上がった。

静奈が追いかけようとしたとたん、背後から伸びてきた警察官の腕に肘を摑まれた。振り向きざま、足払いをかけた。まだ若い警察官だった。制帽をすっ飛ばして、濡れたアスファルトの上に仰向けに転んだ。

その隙に静奈は走ろうとした。しかし、今度は一度にふたりの警察官が組み付いてきた。

「誤解だ。私は――――！」

さらにひとり。三名の警察官に押し倒され、静奈はその場に突っ伏した。

無理に上げた顔。彼女の目に新宿中央公園の立ち木を抜け、緑地帯を走り去る男の後ろ姿がはっきりと映っている。歯を食いしばり、無理に立ち上がろうとした。のしかかる警察官をひとり弾き飛ばしたが、今度は別の相手に両足を摑まれた。

冷たい雨に打たれながら、長い間、走り続けていたためか、躰に力が入らない。

「離して！　私じゃない。やったのはあの男だ」

静奈は叫んだ。

しかし警察官たちは静奈にしか興味がない。車の暴走の犯人よりも、警察官を銃撃した被疑者のほうが重要だからだ。

だしぬけにポニーテイルの髪を摑まれたので、思わず肘打ちを食らわせた。背後の警察官が仰向けに倒れた。間髪容《かんはつい》れず、透明なポリカーボネート製の盾《たて》で頭を殴られ、強引に路面に上半身を押しつけられた。なおも警察官がのしかかってくる。素手だけではなく、警棒で首を押さえられ、盾を使って腕を封じられた。

右腕をまた摑まれた。

――午前十一時五十八分。公務執行妨害。銃刀法違反。暴行傷害および殺人未遂の容疑で現行犯逮捕します！

野太い声だった。

静奈は手首に手錠をかけられた。横向きにされ、さらに左手にも。

一気に力を抜いた。雨と泥水に濡れながら、路面に横倒しになっている。ゴツゴツしたアスファルトに横顔を押しつけられたまま、静奈は長い息を洩らし、眉を寄せて目を閉じた。

肩と腕を捕らえられて無理に引き起こされる。

雨に濡れた大勢の警察官たちから、いくつもの鋭い視線が浴びせられる。

なおもサイレンが近づき、次々とパトカーが停車した。白バイも数台。

現場では交通整理が始まっていて、赤い誘導棒の警察官が通りかかった車輛を反対車線に出させ、現場を通過させている。

「あんた、名前は！」

目の前に立つ中年の警察官が訊ねた。

「私じゃない。逃げた男を追いかけて！　あいつを逮捕して！」

静奈の言葉は当然のように無視された。

「名前をいうんだ！」

雨に濡れたまま、警察官の顔をにらみつけた。

「神崎静奈。山梨県警南アルプス警察署地域課、巡査！」

目の前にいる警察官たちが驚いた。

「嘘をつけ！」

「警察をなめてんのか！」

たちまち大勢の怒声を浴びせられる。

「本当だ。警察手帳は……」

いいかけて気づいた。今は出先だ。警察手帳は署の保管庫に返していた。

「いいかげんなことをいうな」

「警察官を騙《かた》るつもりか!」

そういってくる警察官たちを静奈がまたにらんだ。

「うちの署に問い合わせてみて。課長の名前は沢井友文《ともふみ》」

警察官たちが、あっけにとられた顔で静奈を見つめる。

「と、とにかくパトカーに乗るんだ!」

「だったら、阿佐ヶ谷署の大柴刑事を呼んで——」

「いいから来い!」

手錠をかけられた両手を乱暴に引かれた。

静奈は屈辱に唇を強く噛んだ。パトカーまで歩かされ、頭を抑えられて、後部座席に乱暴に押し込まれた。続いて後部座席の両隣にそれぞれ警察官が乗ってきて、静奈は真ん中に挟まれるかたちとなる。運転席と助手席に警察官たちが乗り込み、その都度、車体が大きく揺れる。

パトカーが発進した。新宿駅方面へと向かって走り出す。

静奈の左右はいずれも屈強そうな大柄な警察官だ。おかげで狭苦しく、肩をすぼめなければならない。どちらも石の彫刻のように無表情な横顔を見せている。

静奈は歯嚙みして俯いた。

前髪から滴がポタポタと膝の上に落ちる。雨に打たれながら走っていたため、下着まですっかりびしょ濡れになっているが、寒さはない。憤怒《ふんぬ》に突き上げられ、興奮に躰が包まれている。

パトカーが信号をふたつ過ぎ、新宿アイランドタワーと三井ビルディングの間にさしかかったときだった。

反対車線——右側の歩道を足を引きずりながら、急ぎ足に歩く人物の後ろ姿が見えた。新宿駅方面に向かっているようだ。間違いない。あの男だ。

静奈は思わずシートから腰を浮かせた。

「車を停めて！」

左隣に座る警官が、彼女の躰をつかまえて、無理に座らせようとした。

「何やってんだ！」

「停めて！」

静奈が叫んだ。「あいつが真犯人なの！」

「暴れるな！」

右隣の大柄な警察官が怒声を放った。

そうしているうちにも、パトカーはその男のいる場所を通過した。男が足を停めてこちらを見ている姿を目で捉えた。

怒りが頂点に突き上げた。

静奈は手錠のまま、両手の指を組んで、左隣の警察官のこめかみを強打した。グッと声を洩らして警察官がのけぞる。あわてて手を伸ばしてきた右隣の警察官。それを振り払いざま、右拳を左手で包み込むかたちで、強烈な肘打ちを脇下に打ち込んだ。

くぐもった声を洩らし、警察官が前のめりになる。

すぐに静奈は中腰になって、運転席のシートの隙間から手を伸ばした。ステアリングを握る警察官の首に、手錠をかけられた両手を回し、後ろから容赦なく絞め付けた。

「やめろッ！」助手席の警察官が叫んだ。

パトカーが蛇行し、フロントバンパーで生け垣を押しつぶしながら歩道に乗り上げ、ケヤキ並木の一本にぶつかった。ショックで車体が跳ね、車内の警察官たちも、静奈も、シートの上で躰が大きく跳ねた。

エンジンがアイドリング状態で低く唸っている。

頭を振って顔を上げると、フロントガラスの全面が白濁していた。車内にいる四名の警察官たちのうち、二名が気絶していた。残る二名はうめきながら突っ伏し、頭を押さえている。

静奈は左横で気を失っている大柄な警察官の膝の上から手を伸ばし、ドアロックを解除した。

たちまち雨が飛沫となって吹き込んでくる。

自分の両手首にかけられた手錠を見下ろした。外したいが、警察官はふつう手錠のキーを持ち歩かない。署に行って手錠を外すしきたりになっているからだ。

別のパトカーのサイレンが近づいてきた。静奈は仕方なくその警察官の太った腹の上を乗り越えて、ドアから車外に転げ出した。

立ち上がって驚く。ここでもやはり、傘を差した大勢の通行人がスマートフォンなどをかざして写真や動画を撮影している。静奈はとっさに踵を返し、走った。

車道を走ってくる車の前を斜めに横切り、派手にクラクションを鳴らされた。かまわず全力で走った。しかし、最前、あの男が立っていた歩道に、今はその姿がない。どこへ行ったかと周囲を見回す。そうしているうちにも、パトカーが数台、立て続けに車道に停まった。

警察官たちが雨の中に飛び出してくる。

静奈は走った。

両手首を手錠で繋がれているため、走りながら手を振ることができない。それでも躰を右に左によじりながら、懸命に駆けつづけた。

ACT—Ⅱ

1

横殴りの雨が窓を叩いている。

まるで無数の石礫《いしつぶて》がそこに当たるように、派手にバタバタと音を立てる。不安な眼差《まなざ》しで見つめる夏実の目の前で、ガラス窓を這《は》い伝う雨水が幾筋も流れ落ちている。

窓の向こうはすっかり濃いガスだ。真っ白な闇となって、何も見えない。

今年はてっきり空梅雨《からつゆ》だと思っていた。それが昨日の午後、静奈の試合を応援にいった夏実と深町が帰途につく頃から降り始め、本降りになった。ずっと晴れのマークだったはずの週間予報は、いつの間にか、雨傘マークばかりに替えられていた。

北岳登山の起点となる広河原《ひろがわら》から登って、最初の山小屋である、この白根御池小屋には、今日は朝から登山客がひとりも到着しない。六月二十四日の開山祭から四日が経過していたが、さすがに土砂降りの中を登ってくるハイカーはほとんどいない。

こんな日は、小屋に隣接する警備派出所に詰めている山岳救助隊員たちも、暇《ひま》をもてあましている。午後になると、待機室と呼ばれる、大きな無線機や山岳地図がある一階部屋のテーブルに集まって、男たちがポーカーを始めていた。

夏実はひとり、この山小屋に避難するようにやってきた。

小屋で働く若いスタッフたち——とりわけ馴染《なじ》みのある女性たち三人と、食堂の窓際にあるテーブルを囲んで、お茶を飲みながらあれこれとしゃべり合っていた。

そんな会話もいつしか遠のき、気がつけば、静奈のことばかりを考えている。

午前中には、バロンといっしょに北岳に戻るという話だった。受付窓口側にある白い柱にかかった丸い時計を見る。午後三時四十分。

夏実は頰杖《ほおづえ》を突いたまま、吐息を小さく投げた。

静奈はまだ戻らないし、連絡すら来ない。いっしょにいたはずの曾我野も音信不通だった。

楽しくしゃべり合っていた小屋のスタッフの娘たちも、すっかり真顔になってこっちを見ている。

「夏実さん、大丈夫ですか」

天野《あまの》遥香がそういった。この小屋でアルバイトをするようになって三年目だ。

「さっきから何だか目が虚《うつ》ろですよ」

「あ、うん。大丈夫」

わざと肩をすぼめて無理に笑う。

奥の厨房《ちゅうぼう》側のテーブルでは、この山小屋の管理人である高辻四郎と、南アルプス署地域課山岳救助隊の隊長であり、白根御池の警備派出所のハコ長でもある江草恭男が、碁盤を囲んで神妙な顔で向き合っていた。どうやら高辻が優勢らしく、彼のニコニコ顔に対して、江草はやけに神妙な顔で眉間《みけん》に皺《しわ》を刻み、腕組みをしている。

碁石を置くパチンパチンという音が、さっきからずっと聞こえていた。

小屋の外に足音がした。

玄関のガラス扉が開閉する音。入ってきたのは関真輝雄隊員だった。板張りの床に騒々しく足音を立てながら、この食堂にあわただしく入ってくる。

「ハコ長。都内にいる曾我野から連絡が入りました！」

小屋の管理人、高辻が顔を上げ、江草隊長が素早く振り返った。

頭や肩を雨に濡らしたまま、関が隊長の前に立つ。

「神崎隊員が新宿署管内で事件を起こし、ただいま手配中だそうです」

夏実が思わず立ち上がった。

「嘘！」

振り返る関の顔がつらそうに歪《ゆが》む。目をしばたたき、続けて彼がいった。「県警本部からも同じ情報が入りました」

「詳しく報告して下さい」

江草隊長はあくまでも冷静だった。

関は自分を落ち着かせるために、いったん口をつぐんだ。

「神崎さんは新宿署の警察官に発砲。重傷を負わせているということで、容疑は公務執行妨害、銃刀法違反、暴行傷害。それから……殺人未遂だそうです」

夏実といっしょにテーブルに向かっていた小屋の娘たちが、小さく悲鳴を洩《も》らした。

「それって、絶対に何かの間違いです」

関はゆっくりと夏実のほうを向き、小さくうなずいた。

「ぼくもそう思います。けれども、神崎さんが手配されていて、逃亡中であることはたしかです」

「曾我野くんは何と？」と、江草が訊《き》いた。

「何者かにバロンを誘拐されたって。だから神崎さん、そいつらを追いかけていたそうなんです」

「バロンがさらわれた……」

江草が言葉を失った。「いったい何のために？」

「相手は仮面をかぶったグループで、曾我野くんもスタンガンの一撃を食らって救急車で病院に搬送《はんそう》されていたそうです。現在、曾我野くんは病院を出て、阿佐ヶ谷署の刑事とともに神崎さんを捜索中だといってました」

夏実はひどく驚いていた。

昨日、空手の試合のあとで別れてから、静奈たちの身にそんなことが起こっていたのだ。

バロンが誘拐された——その話が本当なら、静奈の焦《あせ》りがよくわかる。しかし、どうしてそんな事件が起こったのか。また、それがなぜ、静奈が警察官に発砲して手配されるという事態になってしまったのだろうか。

江草が腰のホルダーにつけていたスマートフォンが振動し始めた。

「ちょっと失礼」

彼は立ち上がり、スマートフォンを耳に当てながら、急ぎ足に食堂から出て行った。

夏実は関を見てから、目を移した。高辻と視線が合った。

「星野さん。大丈夫ですよ。きっと何らかの行き違いがあったんでしょう」

高辻の優しい言葉にうなずく。

ふいに目頭が熱くなった。目をしばたたき、唇を引き結んだ。

やがて江草が戻ってきた。

険しい顔でスマートフォンを仕舞いながらいった。

「県警はパニック状態のようです。まあ、無理もありませんが。私はこれから山を下り、署に戻って沢井課長や署長たちと話し合ってきます。おそらく、そのまま甲府の本部に向かうことになると思います」

「あの――」

夏実が駆け寄った。「私も下山させて下さい」

江草が驚いて彼女を見た。

「東京に行かせていただけませんか」

じっと夏実を見つめていた江草が、小さくかぶりを振った。

「星野さんにはこちらで待機していただきます」

「でも……」

「真相が判明しないうちから下手に動くのはまずい。まずは情報収集をすることです。わかったことは、逐一《ちくいち》、こちらに報告します。だから、ここで待っていて下さい」

夏実は無意識に両手に拳を握っていることに気づいた。

涙を溜めた目で江草を見つめ、やっとうなずいた。

「まだ、ひどい降りですから、道中はくれぐれもお気をつけて」

高辻にいわれ、江草が微笑《ほほえ》む。

「ありがとう、高辻さん」

ふっと笑みを消すと、江草は踵《きびす》を返し、山小屋の食堂から出て行った。

「星野さん。われわれも派出所で待機しましょう。何かあったらすぐに出動できるように準備だけはしておいたほうがいい」

関にいわれ、夏実はうなずいた。

江草に続いて出ていく関のあとを追うように歩き出し、食堂の入口で立ち止まった。振り返る。

窓際のテーブルに座っている遥香たち女子スタッフ。厨房近くのテーブルにいる管理人の高辻四郎。みんなの視線を受け、夏実はまたギュッと拳を握り、急ぎ足に玄関に向かった。

2

どしゃ降りの雨に打たれながら、静奈はビルの壁面にもたれ、大きなポリ容器のゴミ箱の陰に座り込んでいる。アンダーアーマーの灰色のスウェットのフードを頭にすっぽりとかぶり、ジーンズの脚を抱えるようにして、膝頭《ひざがしら》に顔を押しつけていた。

街の喧騒がここまで伝わってくる。

音楽や人の声。車の音。雨音に混じって聞こえている。

ジャラッと音がした。

左右の手首には手錠がかけられたままだ。クロームメッキされたスチールの冷たく、硬い感触が骨に食い込みそうだ。この状態で無理に走ったため、手錠が触れる部分の皮膚がすれて、まるでリストカットの痕《あと》のように赤剝《あかむ》けになっている。

歯を食いしばった。涙が出そうだったが、堪えた。

全身が雨に濡れそぼっている。相変わらず、寒さは感じない。怒りと興奮のせいだ。しかし疲れていた。疲労困憊《こんぱい》だった。

雨の中をずっと走ってきた。さらわれたバロンを追いかけ、闇雲に駆けつづけていた。

逃げた男のことを思う。何としてもあいつを捜さなければならない。

それなのに疲労が極限まで達している。

少し……休まねば。

膝頭に顔を押し当てたまま、目を閉じた。

ハッと顔を上げ、眠気を振り払うように、無理に意識を保った。こうして雨に打たれながら眠ってしまえば、いかな彼女でも低体温症になる。六月の東京の街中で疲労凍死しても不思議はない。

誰かに連絡が取れさえすれば。そう思った。

それは不可能だった。

腰のポーチの蓋《ふた》が開いていた。

財布や携帯電話が入っていたはずだが、そこには何もなかった。夢中で走っているときに、落としてしまったのだ。

うかつだった。

事故現場に残してきた大柴や、救急搬送された曾我野。そして北岳の仲間たち。

現状を誰にも報《しら》せることができない。

今の彼女には携帯も現金もカードもない。文字通り、身ひとつだ。ゆっくりと顔を上げた。上げた容貌《かお》に、ビルの隙間《すきま》から落ちてくる大粒の雨がぶつかってくる。飛沫が弾ける。目を細めながら、歯を食いしばった。

口惜《くや》しかった。

自分の犬をさらって逃げた男たちが憎かった。

何よりも、些細《ささい》なことがきっかけで、ここまでどん底に突き落とされてしまった自分の運命を呪《のろ》いたかった。だが、そんなことを思っても何の意味もない。

何度か深呼吸をしてから、やおら立ち上がった。

行動するのみだ。

警察官を撃ったのは自分ではない。その事実はいずれはっきりさせる。とにかくバロンを取り戻す。逃げた男をつかまえ、どんな手段を使ってでも、奴らの居場所を突き止める。

手錠をかけられた手で、青いポリ容器のゴミ箱の蓋を開く。

紙切れ、生ゴミ、新聞紙。ゴミをかき分けると、底のほうにベージュの薄手のセーターがくしゃくしゃになって入っていた。それを引っ張り出した。

生ゴミの汚物の臭いが染みついているが、仕方ない。

手錠をかけられた両手首をセーターで隠したときだった。

――あんたさ、ずぶ濡れじゃねえかよ。

ふいに声がして、振り向いた。

ビルの隙間の入口に人影がある。白黒のスタジャンにダブついたジーンズ、細身のサングラスをかけた若者だ。典型的なヤンキー・ファッションだった。その後ろに革ジャンに迷彩ズボンの若者がいた。ふたりとも透明なビニール傘を差している。

「風邪《かぜ》ひくぜ。姉ちゃん」

サングラスの男がニヤニヤしながらいった。「雨、当たんねえところに行かねえか」

革ジャンの若者は、眉《まゆ》を剃《そ》っていた。露骨に視線を移しながら、静奈の頭から足先までを遠慮なく見ている。ギラギラした欲情を隠そうともしない。

ふっと静奈はほくそ笑んだ。

冷ややかな目でふたりを見据える。

だしぬけに若者たちの表情が変わった。目の前にいるずぶ濡れの美女が、ただ者ではないと悟ったのかもしれない。

ふたりの視線が、静奈の手許《てもと》に刺さっている。

手首にかけた汚れたセーターの間から、手錠の鎖がわずかに覗《のぞ》いていた。

若者二名は、黙って後退《あとずさ》った。そのまま素早く踵を返す。

乱雑な足音が遠ざかっていった。

彼らが消えたほうに向かって歩き、静奈は狭いビルの隙間から出た。

たちまち都会の街の狂ったような騒音に包まれる。

大勢の人々が傘を差しながら歩いている。

新宿の東口。歌舞伎町《かぶきちょう》のまっただ中である。

腕時計を見ると、時刻は午後四時を回ったところだ。まだ早い時間なので、遊び歩く者は少ない。スーツを着たサラリーマンや、外国人らしい観光客のグループ。開店前の店の仕込みか、あわただしく入口を出入りするスタッフたち。濃い化粧をして丈の短いスカートを穿《は》いた、風俗店の女が、目の前に停まったタクシーの後部座席から外に出て、近くの店に入ってゆく。

あちこちから音楽が流れ、雨音に人々の喧騒が混じっている。

雨にずぶ濡れになってひとり歩く静奈を見て、街をゆく者たちは自然と道を空けた。露骨にいやな視線を向けてくる者もいる。若い女のホームレスだと思っているのかもしれない。

まあ、今の自分は似たようなものだと、静奈は思った。

前方にパトカーの回転灯が見えて、彼女は素早く路肩の軽ワゴン車の陰に隠れた。すぐ目の前を白黒のパトカーが二台、通過してゆく。

二台が少し先の路地を曲がって見えなくなると、静奈は歩き出した。

繁華街を離れた路地裏に小さな公園があった。

そこに入ると、静奈は周囲を見渡す。ジャングルジムやブランコ、砂場などがある。今どき、こんなところで子供が遊ぶとは思えないから、ずいぶんと古い公園なのだろう。周囲にはくしゃくしゃにされた新聞紙や空き缶、無数の吸い殻《がら》、ストローを差し込んだままのシェイクの紙コップなどが無造作に捨てられていた。

本来、子供たちの遊び場であるはずの公園。しかし、ここには大人が捨てていったゴミばかりがあった。薄汚れた都会の隅にうち捨てられた、汚物の吹きだまりのような空間だった。

錆《さ》び付いたブランコの向こうにコンクリートでできた築山《つきやま》があった。

真ん中が滑り台になっている。サイドには穴があって、築山を貫通し、中に入れるようだ。

静奈はそこに歩み寄り、狭い空間にもぐり込んだ。

穴の中にもゴミが散乱していた。くしゃくしゃになった風俗店のチラシや煙草のパッケージ。ボロボロになったピンク色のゴムは、古い使用済みのコンドームらしい。そして、穴の中には異様な臭気が染みついている。小便臭く、垢《あか》じみた臭い。ホームレスが寝ていたのかもしれない。

贅沢《ぜいたく》はいっていられない。

ここなら雨に降られない。しばし眠っても大丈夫そうだ。

手錠を隠すようにかけていた汚れたセーターを傍《そば》に置き、土管の中みたいに狭い穴の真ん中で膝を抱えるようにして座り、そっと目を閉じた。

それまでのことが、フラッシュバックのように、次々と脳裡《のうり》に閃《ひらめ》いた。

さらわれたバロン。

拳銃で撃たれた警察官。

逃げていく男の後ろ姿。

強烈なイメージが何度となく頭の中にくり返される。そんな中でも眠りがふっと訪れた。

3

サイレンを高らかに鳴らしながら、黒いトヨタ・アリオンが後ろから走ってきた。

清水橋交差点の十字路には、ぶつかって壊れた車が団子のように固まって立ち往生していた。大柴の乗っている捜査車輛《しゃりょう》のレガシィもそのうちの一台だ。トラックの大型コンテナを積んだボディの下に、まともにボンネットを突っ込んでしまっている。ラジエーターが破損したらしく、そこから白い湯気が洩れて風に流れていた。

周囲には何台かのパトカーが回転灯を明滅させながら停まっていて、半透明の雨合《あまがっ》羽《ぱ》に制服姿の警察官が交通整理に当たっている。

背後から迫る赤色灯を見て、大柴はようやくレガシィのドアを開いて、外に出た。

「やっと来てくれたか」と、独りごちる。

雨粒に濡れた腕時計を見ると、無線で応援要請をしてから三十分以上が経過していた。

交差点付近にひしめいたたくさんの車。その間を慎重に徐行しながらやってきたアリオンは、やがて大柴の前に停まった。運転席と助手席、それぞれのドアが開き、真鍋と岡田が同時に雨の中に出てきた。

「シバさん。どうなってんですか」

真鍋の顔を見て彼は何をどう説明しようかと迷った。

「そっちの車に乗せてくれ。大至急、奴らを追いかけなきゃならん」

「ここらはうちの縄張りじゃなく、代々木《よよぎ》署の管轄です。その先は新宿署ですよ」

困惑した顔で岡田がいう。

「かまわん。とにかく急いでくれ。話は中でする」

そういって彼はアリオンの後部ドアを開いて乗り込んだ。

岡田が運転席に、真鍋が助手席に乗ってドアを閉じる。清水橋交差点は立ち往生した車でひしめいていて突っ切れないため、いったん杉並区方面に戻り、信号のない路地に入って、住宅地を抜けながら、山手通りを横切り、さらに細い路地を走って何とか方南通りへ戻ってきた。

大柴は気が焦っていた。

運転席と助手席の間から身を乗り出さんばかりにして、前方の道路を見据えている。

遠くからしきりにサイレンが聞こえていた。警察車輌ばかりではなく、救急車のサイレンの音も混じっていることに気づいた。

――警視庁から各局、各移動。

車載無線のスピーカーから男の声がした。

――新宿ＰＳ管内において発砲事件。方南通り西新宿五丁目駅付近において〝ＰＭ〟一名が受傷。〝マル被〟は白のハイエースに乗っていた二名のうちのひとり。現在、新宿西口公園方面に逃走中。〝人着《にんちゃく》〟は二十代後半から三十代前半の女性。身長一七〇センチ以上、痩せ型。髪はポニーテイル。灰色のスウェットと細身のジーンズ。

「シバさん。警察官が撃たれたようです」

助手席から真鍋が振り返り、いった。「〝マル被〟はまさか？」

そう。大柴の脳裡に浮かんだのは、まさしく神崎静奈のイメージだった。

「神崎巡査が警察官を撃つはずがない。何かの間違いだ」

「どうします？　そのことを〝本店〟に連絡しますか」

少し考えてから、思い詰めたような表情で大柴がいう。

「いや。とにかく彼女を捜すんだ」

真鍋は少し青ざめた顔で肩越しに見つめていたが、ふいに前を向いて座り直した。

岡田が運転するアリオンは、雨を突きながら新宿方面を目指して走った。

それから五分と経《た》たないうちに、基幹系の無線が三度、飛び込んできた。

撃たれたのは新宿署の西新宿四丁目交番勤務の船越一良《かずよし》巡査。腹部に銃弾を受ける重傷で、現在、西新宿総合共生病院に救急搬送され、緊急手術中。意識不明の重体だという。被疑者二名のうち、一名の女性が銃撃の犯人で、船越巡査ともみ合ううちにホルスターの拳銃を奪い、巡査に向けて発砲したらしい。

女性はその場に拳銃を捨て、新宿西口公園方面に向かって逃走。現在、銃刀法違反、公務執行妨害、暴行傷害および殺人未遂の容疑で逮捕状が出され、新宿署が総力を挙げて追っているという。

「シバさん。かなりまずいですよ、これ」

助手席の真鍋が、憂鬱《ゆううつ》な顔で振り返る。

大柴は腕組みをしたまま、むっつりと顔をしかめている。

「〝マル被〟が神崎巡査と判明するのは時間の問題ですね」

うなずいた。

警察官が警察官を撃った——となれば、これは社会的にも影響の大きな事件となり、大問題だ。

〝マル目〟すなわち、事件を目撃したのは、船越巡査とともにパトカーで警らをしていた小栗光治《おぐりみつはる》巡査で、現場に駆けつけたときは、船越巡査が撃たれて倒れ、傍に拳銃を握った女性が立っていたという。とっさに検挙を試みたが果たせず、被疑者の女性は他の一名とともに逃走した。

小栗巡査は銃撃の瞬間を目撃していない。しかし現場にいた女性が相棒の巡査から奪ったと思《おぼ》しき拳銃を持っていたことはたしかで、警察はその女性を犯人と特定して捜索にかかっている。

神崎静奈巡査はバロンという彼女の犬をさらった男たちを追跡していた。その様子は尋常ではなかった。が、自分の目的のために彼女が警察官の銃を奪って撃つなどということは、絶対に考えられない。

彼女ははめられたか、あるいは偶然が災《わざわ》いとなって大きな誤解が生じたのだろう。撃たれた船越巡査の意識が戻れば、現場で何があったかが判明する。しかし、それがすぐに望めない今、真相を暴くためには彼女の確保が最優先だ。

「ナベさん。これからしばらく、俺は別行動を取る」

「何いってんですか」

驚いた顔で真鍋がいった。「一警察官が個人的な動機で動いちゃいかんでしょう」

「重々承知だ」

「そこまでして彼女に入れ込む理由は何なんですか」

大柴は唇を噛《か》み、眉根を寄せた。

「惚れたんだよ、たぶん」

あっけにとられた顔の真鍋に、彼はふっと笑いかけた。

「冗談だ。マジに取るなよ」

甲州《こうしゅう》街道を新宿駅方面に向かいながら、アリオンの車載無線を新宿署の署活系に切り替えて通信を傍受した。

方南通り近くで警察官を撃った〝マル被〟に関する情報が、ひっきりなしに飛び込んでくる。西新宿のビル街、新宿中央公園近くの路上で一度は検挙したが、護送中のパトカーの車内で抵抗され、パトカーは並木に激突して大破。警察官四名が負傷。被疑者は逃走中。

「えらいことだな」

しかめ面で腕組みをしながら、大柴がつぶやいた。

「逮捕されたってことは手錠のままか」

「そうでしょうね」

助手席の真鍋がいった。

「まったく、えらいことだ」と、大柴はまたつぶやいた。

「警察官一名が撃たれているし、新宿署に〝帳場〟が立ちますよ、これって」

運転しながら岡田がいう。「しかも被疑者が警察官だ。重要事件です」

大柴はしかめ面のまま、車窓の外を見つめた。

あれから三十分。西新宿のあちこちを走り回ったが、神崎静奈らしき姿は見つからない。幹線道路だけではなく、入り組んだ細い道にも車を入れてみたが、それらしき影もない。捜索範囲が広すぎる上に、この篠突《しのつ》く雨が発見の邪魔をしていた。

その上、さらにトラブルが重なる。

少し前から、彼らのアリオンの後ろにピッタリとくっつくように走っている車があった。

灰色のクラウンだ。

前に見かけたアウディではないが、おそらくあの公安の連中だろうと大柴は思った。だが、そのことを相棒の真鍋には告げなかった。どうせ彼らは尾《つ》けてくるだけだ。あるいは多少の示威《じい》行為かもしれないが、知らん顔をしておけばいい。

「シバさん」

真鍋がいった。「われわれが先に彼女を発見したとして、どうします。〝確保〟しますか」

「そんなことは考えちゃいないさ。ただ、事情を訊きたいだけなんだよ」

「しかし管轄外で被疑者と接触するのはまずいです」

ちょうど反対車線を走ってきた新宿署のパトカーとすれ違う。車内にいた制服姿の警察官二名が、うろんな顔で彼らのアリオンを見ている。同じ警察同士だから、捜査車輌だとすぐにわかる。見馴れない覆面パトカーが現場近辺をうろついているのは、たしかにまずい。

「こうやっていくら走り回っていても、彼女が見つかるわけじゃないし、徒労だと思うんです。ここはいったん阿佐ヶ谷署に引き返しませんか。対策を立て直すんです」

腕組みをしながら大柴は考え込んだ。

「わかった」

渋々そういってから、ふとあることを思い出した。「署に戻る前に、寄ってもらいたいところがあるんだが」

「え」

真鍋が振り向いた。

「曾我野とかいったな。彼女といっしょにいたあの若い巡査は、どの病院にいるんだ」

「たしか、杉並共立病院と聞いてますが」

「そこに立ち寄ってくれ。頼む」

真鍋は困惑した顔で、運転席を見た。

岡田がフッと溜息《ためいき》をつくのが聞こえた。

「いいですよ。行きましょう」

そういって岡田はウインカーを右に出し、アリオンを右折車線へと滑り込ませた。

背後の灰色のクラウンは曲がってこなかったようだ。

尾行を打ちきったのだろう。

ミラーで後ろを見て、大柴はそれを確認し、ホッとした。


杉並共立病院は、高円寺の住宅街の一角にあった。

道路を挟んで反対側の外来用駐車スペースにアリオンを停めると、大柴たちは雨の中を傘を差さずに走り、エントランスから正面入口へと駆け込んだ。案内カウンターで警察手帳を提示し、曾我野誠がいる病室を訊《たず》ねた。

四階と聞いて、すぐにエレベーターのある場所へと急いだ。

四人部屋の病室だった。入口に曾我野の名を確かめて、中に入った。が、彼が寝ているはずの窓際のベッドはもぬけの殻だった。ちょうど体温計を持って入ってきた若い女性看護師に、大柴は曾我野の居場所を訊ねてみた。

「検査を終えられて、さっきまでベッドにいらっしゃいましたよ。どこか近くだと思いますが」

そういわれて、三人は病室を出た。

廊下の突き当たりに談話室がある。小さなテーブルと椅子《いす》がいくつか。本棚なども見えた。そのテーブルのひとつに座って、青い検査衣姿の曾我野がいた。片手に持ったスマートフォンの液晶画面を指先で夢中になって操作しているところだった。

乱雑な足音を聞いて、曾我野が顔を上げた。大柴たちを見て、驚いた。

「どうしたんすか」

彼の前に立って、大柴がいった。

「どうしたもこうしたも……お前の先輩とやらが新宿署管内で暴走中だ」

「ぼ、暴走って――」

さすがに曾我野は狼狽《うろた》えた顔になった。

少し目を泳がせてから、彼が訊ねた。「あれからどうなったんです。いったい何が起こってるんですか」

大柴はことのあらましを手短に彼に伝えた。

聞いているうちに、曾我野の顔がだんだんと青くなっていった。

「まさか、そんなことになってたなんて」

「そっちに彼女からの連絡はなかったか」

「すみません。意識を取り戻したのは一時間も前なんですが、頭を打ったからってMRIだとかの検査で、あっちこっちに引っ張り回されて……自分の携帯を見られたのは、ついさっきなんです。神崎さんには何度か連絡してみたんですが、ぜんぜんつながらないし、これからうちの派出所に連絡を入れて、ハコ長に相談しようと思ってたところです」

「それで君は無事だったのか」

「ええ、まあ。強烈な電撃を食らったショックで気絶してただけです。あとは擦《す》り傷ぐらい」

左の頬にアスファルトで擦《こす》ったらしい筋状の傷が残っていた。

「神崎先輩に警察官を銃撃した嫌疑がかかってるって、大柴さんたちもそう思ってんですか」

「いや」彼は否定した。「さすがにそれはない。だから、彼女を捜してる」

曾我野はまた目を泳がせてから、大柴を見つめた。

「前に先輩、こういってたんですよ。もしもバロンをさらわれたら、そのときは自分を抑える自信がないって。その言葉が耳から離れなくて」

「自分を抑える自信がない……」

真鍋がオウム返しにつぶやいた。「どういうことだ」

「神崎先輩って、山岳救助隊では〝武闘派〟って呼ばれてるんです」

「何だ、それ」あきれた顔で大柴がいう。

「空手の有段者ってこともありますけど、それだけじゃなく、けっこう激しい性格なもんで」

犬を誘拐しようとした男たちを相手に派手な立ち回りをしたことは聞いていた。それに、この一件でも新宿署の警察官たちに対して、かなりの抵抗をしたようだ。

神崎静奈を逮捕してパトカーで連行しようとした警察官四名は、それぞれ重軽傷を負っている。立ち木にまともに激突した事故のせいもあるが、車内で彼女から暴行を受けたという証言もあったらしい。

「教えてくれないか。君も神崎巡査の無実を信じているはずだ」

「もちろんです」

曾我野は真顔でいった。「先輩が〝武闘派〟でいるのは、あくまでも犯罪者だとか、明白な悪人に対してです。ましてや警察官を銃で撃ったりするはずがありません」

大柴はしばし曾我野の顔を凝視した。

曾我野は今度ばかりは目を泳がせず、まっすぐ彼を見返してきた。南アルプス署の若い警察官の、その瞳の中に、ふと彼は何かを感じた。都会の警察官には見られない、独特の強靱《きょうじん》さ、あるいは潔《いさぎよ》さのようなもの。

大柴はうなずいた。

「これから神崎巡査を捜す。つきあってくれないか」

ふいにいった言葉に、ふたりの同僚が驚いた。

「シバさん。いったん本署に帰るって……」と、真鍋。

「悪いな。岡田とふたりで帰っていてくれ。俺は彼といっしょに新宿に戻ることにする」

「そんなことといわれても、課長に何て報告すりゃいいんですか」

岡田が悲痛な顔でいった。

「そうだな。行方不明とでもいってくれ」

それからまた曾我野を見た。

「あんた、躰《からだ》はもういいんだな」

彼がうなずく。「俺も行きます。先輩を助けたいんです」

大柴は曾我野の肩を軽く叩いた。

病院の近くに、レンタカーの営業所があった。

大柴はそこで車を借りた。車種はトヨタ・ヴィッツ。

申込書の職業欄には「公務員」とだけ記入した。さすがに警察官とは明かせない。

運転席で大柴はステアリングを握り、雨の中、青梅《おうめ》街道を新宿方面に向かっていた。

助手席に座る曾我野は、さっきからスマートフォンで北岳にいるという救助隊の仲間としゃべっていたが、今はブラウザを立ち上げてインターネットを見ているようだ。

指先でしきりに液晶を操作した彼が、ふいに「え？」と声を洩らした。

「どうした」

「大柴さん。えらいことになってます。神崎先輩の動画がずいぶんとＹｏｕＴｕｂｅとかにアップされてますよ」

赤信号で停まったとき、彼はスマートフォンを差し出してきた。

画面には新宿とはっきりわかるビル街の動画が映っている。パトカーが路肩の立ち木にぶつかり、ひしゃげたボンネットの隙間から、白い煙を洩らしていた。その周囲に大勢の人がたかり、ワイワイと騒いでいる。その声がはっきりと聞こえる。

ふいにパトカーの後部座席のドアが開き、灰色のスウェットにジーンズの女性が外に出てきた。

まぎれもなく静奈だった。

しかも、彼女の両手には手錠がかけられている。

それを見た群衆が驚きの声を上げている。静奈はかまわず、両手を前にしながら走り出した。車道から歩道へと入り、そのまま駅方面に向かって走り去ってゆく。

背後からクラクションを鳴らされ、大柴は気づいた。青信号になっていた。

舌打ちをして車を出した。

「他にも何件か、動画のアップがあります」

指先で液晶画面を操作しながら曾我野がいった。「これは……」

「どうした」

車を走らせながら大柴が訊いた。

「先輩とやり合ってるこいつ。きっと犬の誘拐犯のひとりですよ」

大柴はウインカーを左に点灯させ、ヴィッツを路肩に寄せて停車させた。スマートフォンを借りて、動画を観る。

雨の中で彼女が男を相手に戦っていた。

神崎静奈は空手を使うというが、対する男も何かの格闘技をやるようだ。動きにムダがなく、技が鋭い。手持ちの撮影で画面が激しくぶれている。しかも大雨の中だ。それでもふたりが互角に戦っていることはわかった。

ふいに静奈が男の足に靴底を打ち下ろした。

男が倒れ、決着がついた――と思ったとき、サイレンを鳴らし、回転灯を明滅させながら一台のパトカーがその場に到着した。制服姿の警察官がひとり、外に飛び出す。

そのとき、倒れていた男が立ち上がり、右足を引きずりながら走って逃げた。

それを静奈が追いかける。警察官が後ろから静奈に組み付くが、易々《やすやす》と解かれて、警察官が路上に転倒する。静奈が駆けてゆく。ポニーテイルの髪が揺れているのがはっきりと見える。

撮影者はカメラのズームを使って追ったが、ふたりの姿はすぐにビルの壁面の向こうに見えなくなった。それからパトカーの車内でマイクを持っていたもうひとりの警察官が外に出て、ふたりが去っていったあとを追いかけていく。

動画がそこで終了し、類似の動画が並ぶ画面となった。

大柴が溜息をついた。

おそらくこの直後に、どちらかの警察官が撃たれたのだろう。

「最悪だな。これは」

思わずつぶやいた。逃げた男とそれを追いかける静奈。新宿署はふたりを車を暴走させた犯人のグループだと断定しているようだ。そして警察官が一名、撃たれて負傷した。この動画は静奈の〝犯行〟の状況証拠として検証されるだろう。

彼女が山梨県警の警察官であることはすぐに判明する。

「まさしく最悪だ」

スマートフォンを曾我野に返しながら、彼はいった。

「悪いが、彼女をまた呼び出してみてくれ」

曾我野が静奈の番号を表示させ、スマートフォンを耳に当てた。

呼び出し音がふいに止まって通話状態になったことに、大柴は気づいた。

「もしもし、神崎先輩？」

ところが、いきなり男の濁声《だみごえ》がスマートフォンから洩れてきた。

外国語。それもアラブ圏の言語のようだ。

「もしもしッ！」

だしぬけに通話が切れたらしい。

曾我野は茫然《ぼうぜん》としてスマートフォンを耳から離し、液晶を見つめている。

「どうした？　今のは誰だ」

「先輩、きっとスマホを落としたんだ。それを誰かに拾われたに違いありません」

大柴は舌打ちをして、ステアリングを拳で叩いた。

「ちょっと待って下さい」

そういいながら曾我野は液晶に指を当てている。「先輩のスマホ、ＧＰＳがオンになってると思います。だとしたら位置情報が……」

ふと口をつぐんで、彼はいった。

「新宿駅西口付近……その辺りできっと神崎先輩はスマホを落としたんですね」

「だからって、彼女のいる場所が正確にわかるってことじゃない」

曾我野がうなずき、スマートフォンをしまった。

「で、どうします」

「どうって……」無精髭《ぶしょうひげ》が伸び始めた顎《あご》をさすりながら、大柴はいった。「とにかくあいつを見つけるしかないだろう」

「たとえ先に身柄を確保しても、潔白を証明するのは難しそうです」

「何だってあいつはここまで無軌道に突っ走りやがるんだ？」

「犬、ですね」

「たかが犬かよ」

「先輩にとって、バロンは相棒《バディ》だし、きっとそれ以上の存在なんです」

曾我野が険しい顔でいった。「もしもバロンが殺されたら、神崎先輩は……」

「行くぞ」

ウインカーを車道側に出しざま、大柴はヴィッツのアクセルを踏み込んだ。


それから間もなくして、靖国《やすくに》通りの〈新宿五丁目〉交差点の赤信号に引っかかった。

フロントガラスを大粒の雨が打ち、ワイパーがそれをしきりに拭っている。

曾我野の衣服の中で、スマートフォンが震えた。

取り出して液晶画面を見る。山梨県警本部にいる江草からだった。

すぐに指先で通話ボタンをタップして、彼は耳に当てた。

「曾我野です」

――どんな様子です。

「最悪です。神崎先輩はまだ発見できません。警視庁も血眼《ちまなこ》になって捜してます。そこらじゅう、ＰＣだらけですよ。しかも彼女の動画がネットで出回っていて、テレビのニュースにまで使われているありさまです。完全に凶悪犯扱いです」

――たしかに最悪の情況ですね。

「県警本部のほうはどうですか？」

――どうもこうも、ハチの巣をつついたような大騒ぎです。本部長は〝警察庁長官の前で腹を切って詫《わ》びる〟といってます。神崎さんの無実を証明しないかぎり、どうにもなりませんな。

「本人に連絡が取れたらいいんですが」

――携帯は相変わらず応答なしですか？

「さっきかけたら、アラビア語みたいな男の声がして、それきり切れてしまいました。おそらく先輩が落としたのを、どこかで外国人が拾ったんでしょう。紛失した場所は新宿駅西口付近らしいです」

――公衆電話とか、何か連絡をとってくる手段はありそうなものですが。

「何しろ事態が把握《はあく》できないので、何ともいえないです」

――わかりました。引き続き捜索をお願いします。何かあったらすぐに連絡を。

「諒解《りょうかい》」

通話を切って、スマートフォンをポケットに入れた。

「署活系無線を聞くかぎり、彼女はまだ捕まっていないはずだ。つまり〝逃走中〟ってことだな」

隣で大柴がそういった。

「というか〝追跡中〟でしょうね。神崎先輩は絶対にあきらめないと思います」

「だが、〝ワッパ〟かけられたままだろう。見つかるのは時間の問題だぞ」

「あの人をなめちゃいけません。判断力や生存能力、それに体力はうちの隊員の中でも抜きん出てる人です。その上、一流の格闘家です」

「やけに買いかぶるじゃねえか」

「疑うんですか？」

「いや」大柴は片手で顎の無精髭を撫《な》でた。「あんたのいうとおりに思えてきた」

信号が青になって彼は車を出した。

「ところで先輩が追っている男ですが、あまり遠くには行けないと思うんです」

「なぜだ」

「何度かネットの動画を再生してみましたが、男と格闘のとき、神崎先輩は相手の右足を執拗《しつよう》に攻撃していました。最後の蹴りは相当にダメージを与えたと思います」

「本当か」

曾我野はうなずいた。「もしかしたら、骨折しているかも」

「だが、すでに仲間と合流してんじゃねえか」

「その可能性は大いにあります。でも、仮面をかぶって顔を隠していた連中です。あれだけ素顔がネットにさらされたら、もしかして切り捨てられるかもしれません」

「なるほどな。その男の〝人着《にんちゃく》〟は――」

「さっき拡大して保存しときました」

そういって曾我野はスマートフォンを運転席に向けた。

液晶画面には、ネットの動画から切り取った男の上半身の姿をトリミングし、アップにして画像に変換したものが映っている。静奈とともに撮影されたいくつかの動画の中から、いちばん目鼻立ちがわかるものを選んで保存したものだ。

「あんたもやることが早いな」

「元来、オタクなもので」

曾我野は笑ったが、その笑みをすぐに消した。「警視庁も同じことをやっているはずです。神崎先輩だけじゃなく、この人物も、あくまでも事件の被疑者あるいは、関与した重要参考人ですから」

「どっちにしろ、俺たちが先に見つけなきゃいけないんだな」

「裏通りに入って下さい。足を引きずったような人物を見かけたかどうか、聞き込みをしましょう」

「わかった」

大柴が答えて、左に曲がる路地を見つけた。ウインカーを出しながらブレーキを踏んで車を減速させる。一方通行の看板で進入可能を確かめると、その路地に車を乗り入れた。

傘を差した通行人が何人か歩いているので、ゆっくりとその傍を抜ける。

ふとミラーを見ると、少し離れて車がついてきていた。

黒のアウディ。

先刻、見かけた灰色のクラウンではなく、彼らのいつもの車だ。

「後ろのアウディが気になるようですね」と、曾我野。

「公安だ」

大柴が運転しながらいうと、曾我野が後ろを見た。

「マジっすか」

「今回の一件に、彼らも早くから絡《から》んでいるのさ。あんたらが奴らとカーチェイスをやった事故現場に機捜の連中が先に来ていて驚いたが、今にして思えば、機捜は機捜でも公安機動捜査隊だったんだ。それで納得したよ」

「何だか、ゾッとしてきました」

大柴は少し笑い、路地を徐行しながらヴィッツを走らせた。

4

ふっと目を覚ました。

視界が暗いので、一瞬、夜になったのかと思った。

土管のような狭い穴の中だった。

すえたような悪臭に充《み》ちていた。

思い出した。歌舞伎町から少し出たところにある小さな公園だった。築山に穿《うが》たれた穴の中に、静奈は入り込んでいた。そこで眠ってしまったのだった。

腕時計を見る。午後五時を回ったところだ。夏場とはいえ、これだけ薄暗いのは、陰鬱《いんうつ》な雨が降り続いているせいだろう。穴の外からは、都会の喧騒に混じって雨音が聞こえている。

ふいに寒さを感じて、静奈はブルッと身を震わせ、立て膝《ひざ》を両手で抱きかかえた。そうして膝頭に頰を押しつけた。

さまざまな記憶、想いが繰り返し去来する。が、今はバロンを一刻も早く取り戻すことを考えねばならない。

あの男はどこへ逃げただろう。

もう仲間のところに戻ったのか。だとしたら、最悪だった。この広い東京という都会で、彼らを見つけ出すことは不可能に近い。逃げたハイエースのナンバーは記憶している。警察なら、陸運局に問い合わせて持ち主を見つけることができる。しかし、今の静奈は警察官の身でありながら手配中である。それも偶然が生み出した冤罪《えんざい》で。

携帯電話も財布もないのでは、まさに八方塞がりの状態だった。

胎児《たいじ》のような恰好《かっこう》で、じっとしているうち、少しずつ寒さが引いてきた。

ふいに穴の外に足音がして、静奈は緊張した。

——おい。そこのあんた。

男の濁声がした。

静奈は身を固くして、穴の外を凝視《ぎょうし》する。足が見えた。

警察官ではない。雨に濡れて黒っぽくなった灰色の木綿のズボン。素足に緑色のサンダルを履いている。薄汚い足だった。

静奈は薄汚れたセーターで手錠を隠すと、狭い穴を這って、外に出た。

立ち上がると、ふいに傘を差し出されてびっくりした。

白髪交じりの長髪で、顔の下半分が長くよじれた髭で覆われた、小柄な中年男だった。背丈のある静奈は彼を見下ろすかたちになる。ホームレスであることはすぐにわかった。薄手のスーツが汚れ、ほころび、顔のあちこちに黒っぽい垢が縞《しま》模様にこびりついている。

傘はまるで似合わぬ真っ赤な花柄のビニール傘だった。

もう一方の手にデパートの名前が記された紙袋をぶら下げていた。

男がニヤリと笑った。剝き出しになった前歯がいくつか欠けていた。強烈な臭気がむっと立ちこめ、鼻を突いた。しかし静奈はたじろぐこともなく、男を見つめた。

「ここ。俺の住処《すみか》やねんな」

ホームレスはポツリといった。

「ごめんなさい。勝手に使わせていただいて」

「ええよ。遠慮はいらんて」

欠けた前歯を見せながら、男がまた笑った。

その視線が静奈の手に止まった。

セーターをかけた両手をじっと見ている。

静奈は黙って目を逸《そ》らしていた。しばし間があってから、男が訊いた。

「あんた。どこから来た」

「山梨……です」

「山梨、か」

男は濁った目で静奈を見上げた。ふいにうつろな表情になる。

「別れた女房が甲府の出身やった。もう何十年か前やけどな。若い頃は、あんたみたいな別嬪《べっぴん》やったで」

「そうですか」

ふいにまた静奈を見た。「腹減っとらんか」

「え」

紙袋をひょいと掲げた。

「食パンの耳やけどな。いっぱいもろうてきたんや」

そういって袋の中身を見せた。薄手のビニール袋にそれらしいものがたくさん入っていた。

見たとたん、静奈の腹が小さく鳴った。

「遠慮せんでええ」

ホームレスの男は赤い傘をたたむと、意外に素早い身のこなしで築山の穴の中に入り込んだ。

「ええから、こっち。心配ないって。何もせぇへんから」

中から手招きされた。

少し躊躇《ちゅうちょ》したが、静奈は身をかがめて築山の穴の中にまた入った。

ホームレスの男はゴミの間に腰を下ろし、紙袋からビニールに入ったそれをガサガサと引っ張り出し、結んでいた口を開いた。

「ええから喰え」

「ありがとうございます」

静奈は手を伸ばした。柔らかなパンの耳をつまみ、口に入れた。

ゆっくりと嚙《か》む。たちまち旨味《うまみ》が舌の上に広がった。こんなものがこれほど美味《おい》しく感じるとは意外だった。

「気に入ったら、もっと喰ってもええで」

静奈は黙ってパンの耳をいくつか取り、一つずつ口に入れて咀嚼《そしゃく》した。手錠の鎖がまた音を立てた。しかしホームレスの男は敢《あ》えて知らん顔をしている。

ふいに何かを差し出され、驚いた。

パック飲料だった。オレンジジュースだ。

「大丈夫や。賞味期限内だし、未開封やからな」

うなずいて受け取り、ストローを突っ込んで中身を少し吸った。温《ぬる》かったが甘みが滲《し》みた。

ひどく喉が渇いていたことに気づいて、たちまちそれを飲み干してしまう。そんな静奈の様子を、薄汚れたホームレスの男が興味深そうに見つめている。癖《くせ》なのか、長い髭をしきりと手でしごいている。

間近から漂う男の異様な体臭にはなかなか馴《な》れそうになかったが、喉の渇きが癒《い》やされ、空腹が少し満たされると、それだけで心の重みが少し払拭《ふっしょく》されたような気がした。

「わしな、もともと大阪の岸和田《きしわだ》にあった小さな商事会社の社長やったんや。バブルが弾けて会社がつぶれてな。えらい借金返さにゃならんことになって、株や先物取引やら、最後はギャンブルにまで手ぇ出して、とことんドツボに落ちてもうた。それで日本中あちこちを流れて現場作業や。給料が良いところもあったねんけど、元締めがほとんどピンハネや」

そういって口を開け、折れた歯の間からパンの欠片《かけら》をポロポロこぼしながら笑う。目尻に涙のようなものが光っているのに気づいた。

「さすがに身も心もボロボロになってもうて、そこの現場からもたたき出された」

パック飲料のジュースのストローをくわえながら、男はつぶやくようにいった。

「医者にいわれたんや。わし、あと半年も生きられへんって」

静奈は黙っていた。返す言葉がなかった。

「人生、ここまで落ちてもうたら、もう笑うしかないで。あんた」

そういいながら、またパンの耳を口に突っ込んだ。

しばし沈黙が流れ、穴の外から聞こえる街の喧騒と、雨音だけが続いた。

「不思議やな」

男がまたいった。「なんでわし、こんな身の上話をあんたになんかしとんやろ」

薄汚い長髪に手を突っ込み、ゴシゴシと掻《か》いた。猛烈な異臭が鼻を突いたが、なぜか気にならなかった。

「私のこと……どうして？」

「ようわからへん」

スーツのポケットから安物のウイスキーの小罎《こびん》を引っ張り出すと、金属の蓋を回して取り、クイッとあおった。アルコールの匂いが、ホームレスのすえた体臭に混じって鼻を突いた。

「あんたも飲むかい」

静奈は首を振る。

「誰でもええねん」

ぽつりと男がいった。

「え」

「わしらの仲間のことや。ここらの街のあちこちにたくさんおる。みんな、本当の名前も知らんし、過去も知らん。それでも仲間は仲間や。助け合うて何とか生きとる。わしみたいな男ばかりやない。女もおる。いろんな人間がおるで」

「そうなんですか」

男は目を細めて笑った。

「でも」静奈は視線を逸らした。「私、仲間にはなれそうにありません。それに、いつまでも、ここにこうしているわけにもいかない」

両手にかけていたセーターがいつの間にか落ちて、手錠が剝き出しになっていた。

男がそれを見つめていた。

「何したねん、あんた」

また、首を振った。「ある事件で警察に追われてるけど、誤解なんです。でも、それを証《あか》している余裕がありません。私の大切な相棒をさらった奴らを捜さなきゃいけないから」

「相棒……」男が奇異な顔をした。

「犬です。シェパード」

「そいつらどこにおんねん？」

「奴らの仲間のひとりが、この辺りに潜んでいるはずなんです」

「手伝《てつど》うたろか」

「え？」

静奈は目を大きくして、男を見つめた。

ホームレスは汚い長髪をまたゴシゴシとやってから、いった。「ここには仲間がいっぱいおるゆうたろ。この街のことで、わしらが知らんことはない」

「本当ですか」

男はうなずいた。

「ほな、行こか」

そういって残ったパンの耳を紙袋に突っ込むと、傘を持ち、穴の反対側に這って移動を始めた。

「行くって……どこへです？」

「ええからついてこい。犬を取り戻したいんやろ」

穴の外に出た男を追って、静奈はあわてて築山から這い出した。


歌舞伎町から大久保方面に向かって二十分ぐらい、雨の中を歩いた。

ホームレスの男は赤いビニール傘を差したまま、意外に速い足取りで道をゆく。ときおり足を止めて、道端に落ちているペットボトルを拾い、ジュースや茶の中身が少しでも残っていたら、持っている紙袋の中に放り込む。自販機があれば、必ずそこに歩み寄って、釣り銭の受け取り口に指先を突っ込んだ。

静奈は途中で見つけた傘を差していた。路肩に捨てられた安っぽいビニール傘で、骨が二本ほど折れていたが、それでも雨をしのぐことはできた。

周囲にラブホテルや風俗店が並ぶ裏通りだった。

まだ日暮れ前だし、雨ということもあって、人通りは少ない。が、静奈は手錠をさらさないように、汚れたセーターを手首にかけ、男のあとに続いた。

いくつか角を曲がり、道がさらに狭くなる。静奈は不安に駆られたが、男に従うしかなかった。

ラブホテル街を抜けたところが、ポッカリと開けた空間になっている。そこは少し広い緑地帯だった。入口に〈大久保緑地　無断立入禁止〉と書かれた看板が立てられている。

その横を抜けて男が入った。静奈が続く。

立ち木があちこちにあって、その下にブルーシートがたくさん見え隠れしている。煙の匂いがすると思ったら、ドラム缶が立てられていて中で火が燃えていた。その周囲に傘を差した人影がいくつか群れている。

あちこちにあるブルーシートは彼らの〝家〟だとわかった。よく見れば、段ボール箱を使って四角く住処が作られている。ブルーシートは雨よけなのだろう。

ドラム缶の焚火《たきび》を囲む男たちが、足音を聞いたらしく、いっせいに振り向いた。

「ホーさん、こっち」

手前にいる小柄な男が手招きをする。

ホーさんというのが彼の渾名《あだな》のようだ。

小柄な男は丸顔で灰色のチューリップハットをかぶり、夏だというのに厚手のコートをはおっていた。ドラム缶の周囲に全部で五人、似たようなホームレスが傘を差して立っている。

近づくと、彼らの異臭が鼻を突いた。

アルコールの匂いも混じっている。よく見れば、日本酒の一升罎を持っている男や、ウイスキーの小罎をラッパ飲みしている老人もいた。

ホーさんと呼ばれた彼は、ホームレスの仲間たちに紙袋の中から出したパンの耳や、道々で拾ってきたペットボトルの残り物を渡した。さっそく彼らはそれらを飲み食いし始めた。

「新入りかい、ねえさん」

丸顔で少し太った男が静奈を見て、いった。垢が斑《まだら》模様にこびりついた顔。乾涸《ひから》びた唇から覗《のぞ》く乱杭歯《らんぐいば》で、もらったパンの耳を露骨な音を立てて咀嚼している。

「違うねん。ちょっとわけありや」

ホーさんがそういって、自分のポケット罎の蓋を開けて飲んだ。

「俺たちゃみんな、それなりにわけありだよ」

一升罎を片手に持ったチューリップハットの小柄な男がいい、他の連中が濁声で笑った。

「あんた、警察に追われてんだね」

女の声がして、静奈は驚いた。五人のホームレスの中に女がひとりいた。ボロボロのスーツを着ているからわからなかったが、よれよれのバケットハットの下に、灰色の髪をだらしなく伸ばした老婆だった。やせこけて、顎先が尖《とが》っている。鼻も高いのでまるで魔女のようだった。

彼女は細長い目で静奈の手許を見ている。かけていたセーターがずれて、手錠が少し見えていた。それをめざとく見つけたようだ。

静奈は頭を下げた。

「ご迷惑なら、すぐに立ち去ります」

他の男たちが驚いた顔をしている。

「どうりでパトカーや警官だらけだと思ったわ」

スマイルマークが大きくデザインされたTシャツを着た四十代ぐらいの男だった。ジーンズの右膝から下が破れて、片足だけがハーフパンツになっている。黒い革靴の先がめくれ、指が剝き出していた。

「遠慮するこたないよ」

丸顔で小太りの男が笑う。「実は俺も、名古屋で窃盗《せっとう》の容疑で手配されてんだわ」

「あんた、何やった？」と、チューリップハットの男が訊いた。

「警察官に発砲して……」

そういいかけて、口を引き結ぶ。

「ほう」

スマイルマークの男が驚いた。「たいしたもんだ」

「冤罪なんです」

仕方なくそういった。

「罪人だろうが冤罪だろうが、ここじゃ、誰もが平等だ。もちろんあんたもな」

チューリップハットの男がいい、一升罎の栓を抜いてそのままあおった。他の男たちがうなずいている。どうやら彼がリーダー格らしい。魔女のような老婆だけが、不機嫌な顔で静奈をにらみつけていた。

「あたしゃ、ちょっと〝家〟で寝てくるわ」

そういって彼女はドラム缶に背を向け、腰が少し曲がった姿で歩き出した。近くの立ち木の下にある段ボールハウスまで行くと、ブルーシートをめくって中に這っていき、姿が見えなくなった。

それを見ていた男たちが向き直る。

「トミコさんも相変わらずやな」

ホーさんがつぶやく。

そのとき、木立の向こうに赤い光が見えた。

静奈は緊張した。

パトカーだった。徐行しながら路地に入ってきたようだ。

とたんにドラム缶の焚火を囲むホームレスたちの中に緊張感が走った。

「私、行きます。ここにいたら、みなさんに迷惑をかけるし」

「ねえさん。ええから、こっちや」

ホーさんに手招きされ、静奈は急ぎ足に歩く。いくつか並ぶ段ボールハウスのうちのひとつ。ブルーシートを素早く上げて、ホーさんがいった。

「ここに隠れとれ」

静奈は手錠のまま、這ってもぐり込む。敷き詰められた新聞紙。転がったビールやコーラの空き缶、ペットボトル。汚れたままの茶碗や箸《はし》。そして鼻を突く異臭。

静奈は狭い空間の中で向き直り、ブルーシートの隙間から外を覗いた。

ちょうどパトカーが緑地帯の入口に止まり、警察官二名が入ってくるところだった。

その水色の制服を見て、不安に駆られた。

直後、静奈は手首の手錠を見下ろす。いったい何をやっているのだろう。自分自身だって警察官ではないか。どうしてこんなことでビクビクしなければならないのか。

しかし冷静に考え、何とかこの場をしのがねばならないと思った。

警察官二名は、ドラム缶の焚火の周囲にいるホームレスたちのところにやってきて、何かを話している。どちらもまだ若い。静奈と取っ組み合いになった、新宿署の警察官たちのことを思い出した。あのとき、男に撃たれた警察官も、おそらく二十代前半だろう。

ひとりがホームレスたちと会話をしている間、もうひとりの警察官が周囲を睥睨《へいげい》した。視線が一瞬、静奈が隠れている場所に止まり、彼女はギョッとした。

が、警察官はそのまま、男たちのほうに目を戻した。

ホームレスのひとりが声を荒らげていた。スマイルマークのTシャツを着た男だ。

警察官たちは表情を変えず、何かを話している。

ホームレスたちが静奈を警察に渡さないという保証はない。だいいち、ついさっき出会ったばかりだ。素性《すじょう》もわからない、それも手錠をかけられたずぶ濡れの女を、彼らがかばう必然性はないのだ。

いつでも逃げ出す心の用意だけは怠《おこた》らず、ブルーシートの隙間からじっと外を見た。

静奈は視線を移し、段ボールハウスの中に目をやった。

ハサミで不器用に切り取られて作られた〃窓〃。週刊誌から剝《は》がしたらしい水着姿のタレントの写真がセロテープで何枚か、貼り付けてあった。狭苦しく不潔なホームレスの住処の中に、別にこれといって目に留まるものはない。

ゆっくりと右側の〃壁〃を見た。

太いマジックペンのようなもので、いろいろな色の落書きがあった。文字はなく、ぐちゃぐちゃに描かれた不規則な線や円形。抽象画のようにも見えるが、おそらく意味もなく、ただいろんな色を使って落書きをしたかったのだろう。

ホームレスが描いたサイケな芸術。

ちょうどその真ん中に赤色の丸印が三つくっつきあっていた。その奇妙な模様から、なぜか目が離せなかった。

奇妙な既視感を覚えていた。

おそらくあまりに非日常的なことが次々と起こり、それらの記憶が重なり合い、複雑に絡んで錯覚のようなものを生み出しているのではないだろうか。

足音に気づいた。

外に目を戻すと、警察官たちがドラム缶の前から去っていくところだった。

ふたりは緑地帯の外に出て、パトカーに乗り込んだ。エンジン音がして、白黒の警察車輛がルーフの警光灯を赤く光らせながら、徐行気味に離れていく。木立の向こうに見えなくなると、静奈はホッとした。

――ねえさん。もう、大丈夫や。出てきてかまへんで。

ホーさんに手招きされ、静奈は異臭に充ちた段ボールハウスから這い出した。

落ちていた傘を拾って差したとたん、ウイスキーのポケット罎を差し出された。静奈はそれをホーさんの手から受け取った。小さな蓋をとってひと口、あおった。安物のウイスキーだったが、強烈な刺激が喉から胃袋に落ちて、躰の中がカッと熱くなった。

「ありがとう」

蓋を閉めてホーさんに戻した。

「あの……みなさんも、本当にありがとうございます」

静奈はペコリと頭を下げた。

「いいんだよ」

チューリップハットの男がいった。

「どうして助けてくれたんですか」

「あんた、俺たちを嫌ったり、敬遠したりしなかった。みんな、遠巻きに避けてくる。汚物でも見るような目で俺たちを見たり、わざとらしく目を逸らしたりしてな。怒鳴《どな》られたり、侮辱されたり、ものを投げられたことだって一度や二度じゃねえ。だが、あんたは違った」

「それは……」

静奈は眉間に皺を刻む。

自分が地域課の警察官だからかもしれないし、いや、山岳救助でさんざん汚れ仕事をしてきたからだろう。しかし彼がいうように、静奈はホームレスたちのことを見下したり、特別視はしなかった。それだけはたしかだ。

「このねえさんな、人を捜してんやって。ねえさんの犬をさらった奴らの仲間や」

ホーさんがそういうと、好奇心に満ちた顔でみんなが静奈を見た。

「犬がさらわれたから、そいつを追いかけてんのか」

あきれた顔でチューリップハットの男がいう。彼女の手錠を見た。「それでそんなことに？」

静奈はうなずいた。巻き込まれたトラブルのことを、手短に要約して話した。冤罪で警察に追われ、財布も携帯電話もなくして、誰にも連絡が取れないこと。しかし自分が警察官だということだけは明かさなかった。

「まごまごしていたら、犬が殺されてしまいます」

「相手はどんな奴だ」

小太りの男が訊いた。

「身長は一七〇センチぐらい。ガッシリした男で、白のワイシャツに黒いズボン。右足を引きずっているはずです」

「そいつ……足が悪いのか」

静奈は小太りの男をちらっと見てから、目を伏せた。「私が折りました」

ドラム缶の焚火の周りで、男たちが動揺した声を洩らした。

「そやったら、車にでも乗らへんかぎり、遠くへは行けへんな」

咳払《せきばら》いをひとつしてから、ホーさんがいった。

「そいつ、知っとるよ」

ふいにしゃがれた声が聞こえ、全員が向き直る。

それまでずっと沈黙を保っていた、痩せ細ったホームレス。頭が禿《は》げ上がり、耳の縁だけにわずかに白髪《しらが》が残った八十過ぎぐらいの老人だった。酒のせいか、赤ら顔だ。

「さっき花園《はなぞの》神社に行ったら、境内《けいだい》で妙な男が雨宿りしとった。たしかに足をかばっとったな。何度か声をかけてみたが、しれっと無視されてな。だが、見た感じでわかるよ。ありゃ……きっと日本人じゃねえ」

静奈は思い出した。独特の外国訛《なま》りがある日本語だった。

「花園神社ですね。ありがとう。これから行ってみます」

すぐに行こうとしたときだった。

「ちょっとお待ち」

声がかかった。

見れば、トミコと呼ばれたホームレスの女だ。いつの間にか、いったん引っ込んだ段ボールハウスから這い出していた。足早に静奈の前にやってくる。

「これを使いな」

いわれて差し出されたのは、折りたたみ式の薄っぺらな携帯電話だ。

「あたしも犬が好きだった。ゆいいつの身内だったからね」

「あの……」

「いいんだよ。二丁目に落ちてたのを拾ったんだ。どうせ外国人か誰かが悪いことにでも使ってたものだろう。身寄りもないあたしが持ってたって、猫に小判もいいとこだ」

手錠をかけられた両手に握らされた。老婆の乾涸びたような手は、意外に温《あたた》かだった。

プリペイド式の携帯電話のようだった。液晶画面を見ると、充電池マークは充分にあった。カードのチャージもまだ余裕がある。

静奈は眉根を寄せ、唇を嚙んだ。

濡れたポニーテイルを揺らして、素早く頭を下げた。

「ありがとうございます」

「礼には及ばないよ。早く行きな。逃げられちまうよ」

静奈はまた頭を下げた。

フッと目頭が熱くなった。が、堪えて、無理に笑った。

「トミコさん。ありがとうございます。ホーさん、それにみなさんのこと、絶対に忘れません」

そうして彼らに背を向けた。

傘も差さずに、雨の中を走り出した。水たまりが飛沫《しぶき》を派手に散らす。

濡れたジーンズに包まれた長い足が躍動している。

5

待機室の大きなテーブルの上で携帯が振動した。

頬杖を突いてぼんやりしていた夏実は、ハッとそれを見た。緑色の小さなＬＥＤを点滅させながら、スマートフォンが音を立てて震えている。液晶画面には見覚えのない番号が表示されている。

いつもなら応答しない。しかし夏実には〝色〟が見えた。

久しぶりに胸を打つような〝幻色《げんしょく》〟。

喜びをもたらしてくれる〝色〟。

だから夏実にはわかった。電話の相手が誰なのかが。

勢いよく椅子を引いて立ち上がった。近くに座っていた関隊員と杉坂副隊長が驚いた顔をした。

スマートフォンを摑《つか》んで、耳に当てる。

「もしもし？」

——神崎です。

ふいにこみ上げてくるものがあって、思わず掌で口許を覆った。涙を堪《こら》えて、いった。

「静奈さん。大丈夫ですか！　ずっと心配してました」

今度は関と杉坂が中腰になった。

——私は大丈夫。連絡が遅くなってごめん。携帯も財布も落としたの。やっとプリペイド式の携帯電話を手に入れて、あなたに連絡できたわ。

「よかったです」

少し考えてから、夏実はこういってみた。

「静奈さん、手配中だって……」

——バロンをさらった白いハイエースを追跡中、ひとりをつかまえたけど、そこから先が想定外だったわ。

「警察官がひとり撃たれたって話ですけど」

——撃ったのは被疑者の男。外国訛りだった。おそらく北朝鮮だと思う。格闘の際、相手の右足を折ったから、そう遠くへは行けない。ただし仲間が回収に来る可能性があるから、急いでいるところなの。

「事情はわかりました」

夏実はホッと胸をなで下ろす。「ところで……今、どこです？」

——歌舞伎町から三丁目の花園神社に移動中。逃げた被疑者の男がいるって情報を摑んだばかりよ。

「その人を捕まえたらバロンを救出できるんですね」

——あくまでも可能性の問題だけどね。ところで夏実。大至急、連絡して欲しい人がいるの。メモをお願い。

「あ。ちょっと待って下さい！」

通話が聞こえていたらしく、関が広告などを四つ切りにして裏の白い紙をメモ用にクリップでまとめたものを、ボールペンといっしょに夏実の前に置いた。ペコリと頭を下げ、彼女はボールペンを取った。

「お願いします」

——阿佐ヶ谷警察署刑事組織犯罪対策課の大柴哲孝巡査部長。この人に、この携帯の番号を伝えてほしいの。

夏実はいったん携帯を顔から離し、画面に表示された電話番号を見ながら、メモの上にペンを走らせた。

「それで、バロンはどうしてさらわれたんですか？」

――詳しい理由はまだわからない。でも、杉並区内で犬の連続誘拐事件があって、バロンはおそらく他のシェパードと間違われたのだと思う。さらわれた犬はことごとく殺されているわ。

「なぜ、そんなことを……」

――背中が抉《えぐ》られているところを見ると、おそらくマイクロチップが目的のようね。

「そういえば、曾我野さんから、こちらにも連絡が入りました。病院を出て、阿佐ヶ谷署の刑事さんと同行中だっていってましたけど」

曾我野くんがそういってた。

――その人がきっと大柴さんよ。味方になってくれる。

「あ。だったら曾我野さんに連絡を入れたら、大柴さんに直《じか》に伝わりますね」

――そうね。お願いするわ。

それから静奈の声色が少し変わった。

――今頃、県警本部は大騒ぎでしょ？

「えっと。江草隊長が行ってますけど、たいへんなことになってます。静奈さん、何とか無罪を立証できるんですか」

――そのために奴らを追いかけてる。バロンを取り戻して、身の潔白を証明してみせるわ。

「私たちに何かお手伝いできることってありますか」

――そのまま待機して朗報を待ってて。また連絡する。

「静奈さん。北岳で、待ってます！」

少し間があった。

――夏実。ありがとう。

静奈の声の直後、通話が切れた。

しばし硬直していた。片手にスマートフォン、片手にボールペンを握ったままだ。

関がそっと手を伸ばしてきて、夏実の前にあるメモ用紙を取って、それを見た。

「曾我野隊員には、ぼくのほうから連絡しましょうか」

彼にいわれ、ハッと気づいた。

「あ。えっと、私がやります」

スマートフォンに指を当てて、また顔を上げた。「でも、私たちって警察官ですし、